树语女孩

图书在版编目（CIP）数据

树语女孩 / (英)娜塔莎·法兰特著；(英)莉迪亚·
科里绘；巴哑哑译. -- 上海：上海社会科学院出版社，
2024
　　书名原文：The Girl Who Talked to Trees
　　ISBN 978-7-5520-4363-1

Ⅰ.①树… Ⅱ.①娜…②莉…③巴… Ⅲ.①儿童小
说—长篇小说—英国—现代 Ⅳ.①I561.84

中国国家版本馆 CIP 数据核字（2024）第 073547 号

First published in the UK in 2021 by Zephyr, an imprint of Head of Zeus Ltd.
Text copyright © Natasha Farrant 2021
Artwork copyright © Lydia Corry 2021
This translation of The Girl Who Talked to Trees paperback edition is published by Beijing Green Beans Book Co., Ltd. by arrangement with Head of Zeus Ltd.

本书中文简体版权归由 Head of Zeus Ltd. 通过安德鲁·纳伯格联合国际有限公司授权青豆书坊（北京）文化发展有限公司代理，上海社会科学院出版社在中国除港澳台地区以外的其他省区市独家出版发行。未经出版者书面许可，本书的任何部分不得以任何方式抄袭、节录或翻印。

版权所有，侵权必究。

上海市版权局著作权合同登记号：图字 09-2024-0178 号

树语女孩

著　　者：	［英］娜塔莎·法兰特
绘　　者：	［英］莉迪亚·科里
译　　者：	巴哑哑
责任编辑：	周　霈
特约编辑：	杨兆鑫　刘　名
装帧设计：	刘邵玲　盛广佳
出版发行：	上海社会科学院出版社
	上海市顺昌路 622 号　邮编 200025
	电话总机 021-63315947　销售热线 021-53063735
	https://cbs.sass.org.cn　E-mail: sassp@sassp.cn
印　　刷：	北京汇瑞嘉合文化发展有限公司
开　　本：	880 毫米 × 1230 毫米　1/32
印　　张：	7.375
字　　数：	110 千
版　　次：	2024 年 11 月第 1 版　2024 年 11 月第 1 次印刷

ISBN 978-7-5520-4363-1/I·524　　　　　　　　　定价：54.80 元

版权所有　翻印必究

如有印装质量问题，请向青豆书坊（北京）文化发展有限公司调换，电话：010-84675367

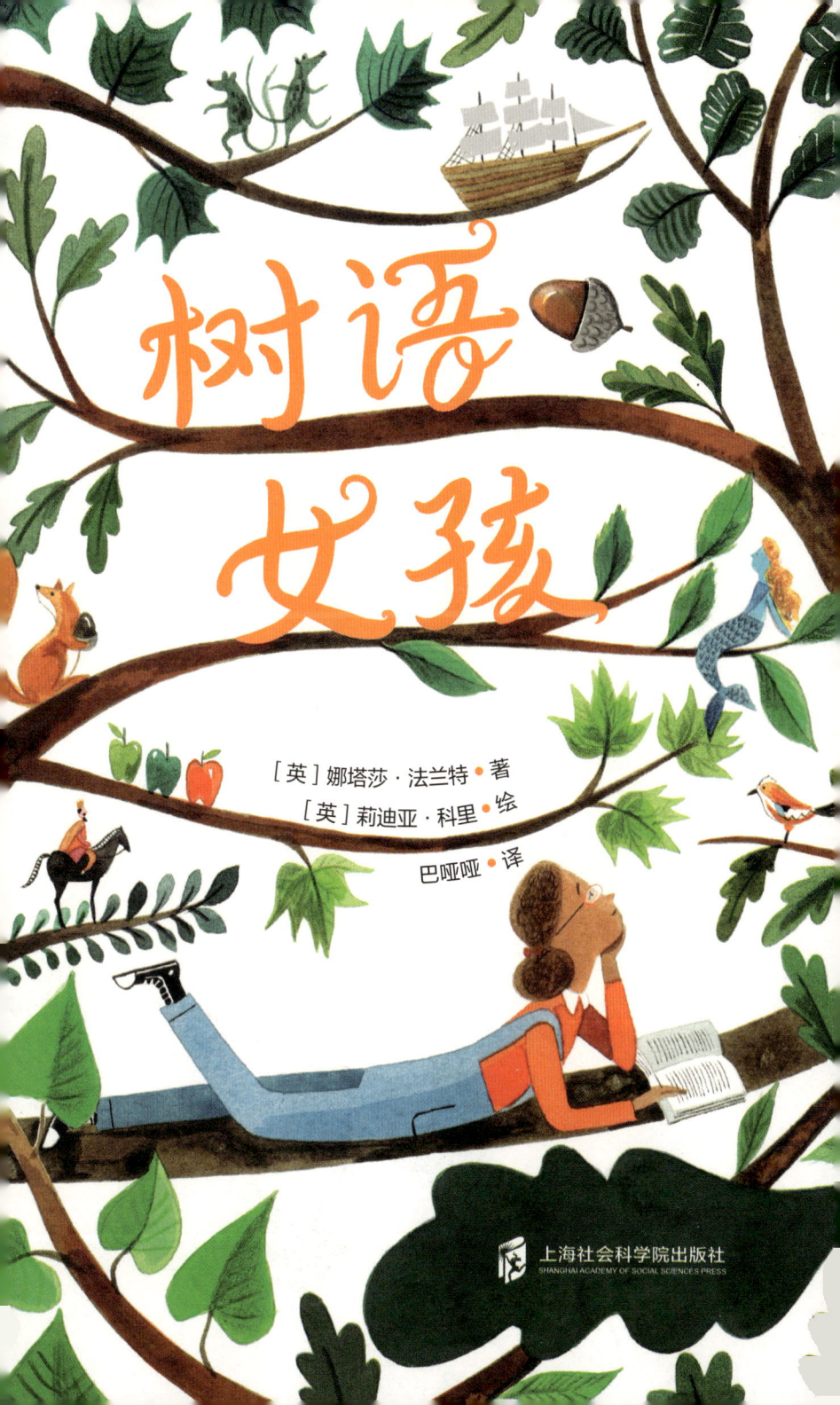

树语女孩

［英］娜塔莎·法兰特 著
［英］莉迪亚·科里 绘
巴哑哑 译

上海社会科学院出版社

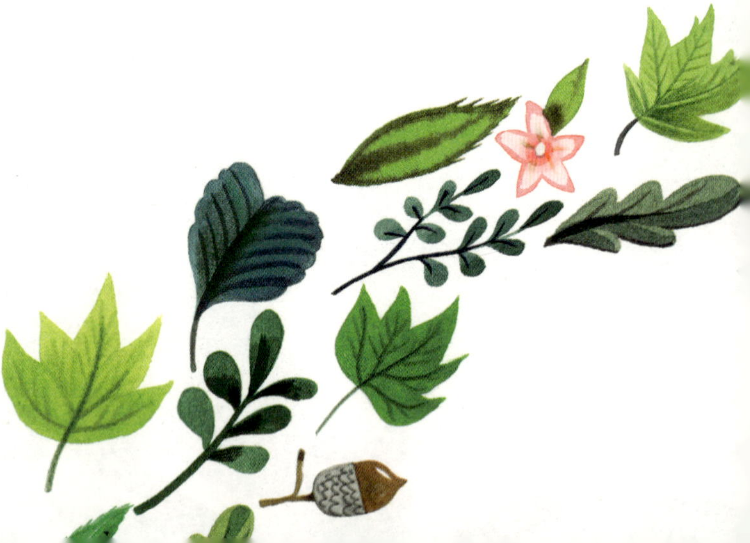

献给萨米和维克多。
　　——娜塔莎·法兰特

献给我的妈妈，莎莉，
给你我所有的爱。
　　——莉迪亚·科里

扫码优惠购
本书配乐有声书

目 录

树语女孩发誓 · 1

橡树 　 15

椴树 　 43

桤木 　 69

悬铃木 　 95

野苹果树 　 127

鹅掌楸 　 155

黄杨 　 185

树语女孩做到了 · 215

后来的事 · 224

鹅掌楸

榆树

黄杨

悬铃木

橡树

奥莉薇家的大房子

苹果园

桦树

桤木

椴树

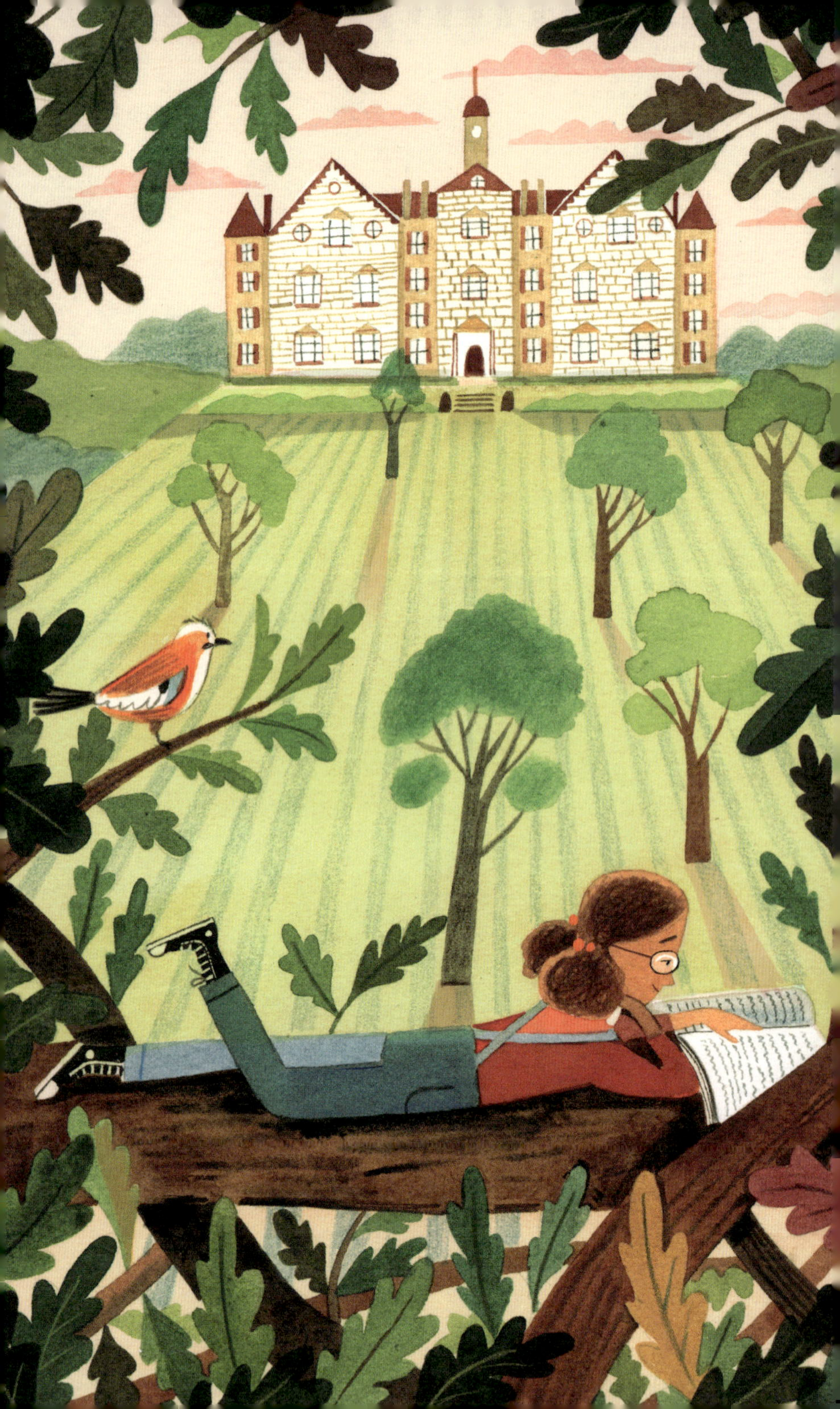

树语女孩发誓

就在离这儿不远的地方，有一道隐秘的山谷，那里坐落着一座著名的老宅。老宅宏伟庄严，有许多高大的柱子和烟囱，还有一座钟楼。不过，这些并不是它有名的原因。

它出名是因为那里的树木。

宅子建在山顶的庄园里，门前是一片平整开阔的草坪，草坪上点缀着许多山毛榉，一棵榆树，当然还有那棵美丽的鹅掌楸。草坪沿山坡向下延伸到河边，河岸上长着鹅耳枥、柳树和桤木。庄园里还有一个带围墙的果园，里面长着十几种不同的苹果树。河对岸，过了桥是一片树林，里面长满了橡树、椴树、榛树和黄杨。虽然它现在只是一片小树林，但从前可是一座大森林，是一位王子的狩猎场！

有时候，如果仔细倾听，你几乎可以听到树木之间的低语。

据说，总有一天，它们会选中某个人，借这个人的力量来实现一个愿望。

我们的故事就从她——一个叫奥莉薇的女孩开始。

奥莉薇今年 11 岁。她个子不高，头上扎着两条小辫儿，还戴着一副小眼镜，眼镜经常从鼻梁上滑下来。她聪明善良，但非常害羞。她最好的朋友是一棵 400 岁的橡树。

"一棵树?"你也许会说,"这太奇怪了。"

但是想想看吧。

如果你非常害羞,甚至不敢正视任何人,以防他们想和你说话——或者更糟糕,想让你和他们说话——那么,和树做朋友可以说是明智之举。

奥莉薇的那棵老橡树独自矗立在河对面山坡的草地上,那里视野开阔,令人心旷神怡。奥莉薇的大部分空闲时间都在老橡树的陪伴下度过,她读书、画画,或者只是随意躺在树上看天。奥莉薇很少和人说话,却与老橡树无话不谈。她伤心时,橡树就轻摇枝干来安慰她;她高兴时,橡树的叶子沙沙作响,像一阵阵笑声。

有时,她也会拥抱它。

可是，家人不理解她。

"奥莉薇回来了，和她的树说完话回来了！"当奥莉薇头发上插着小树枝、慢悠悠地爬上草坡回来时，她那强势的姐姐罗莎会这么说。"我真担心我们的奥莉薇会变成一棵树。"她的妈妈约瑟芬夫人对来访的客人说。她的爸爸悉尼爵士则总是摇摇头。甚至她的奶奶也很担心。"我也喜欢树，亲爱的，"她告诉奥莉薇，"但你应该与人交朋友。"

仆人们暗地里叫她"树语女孩"，意思是"和树说话的女孩"。

不过，大家都很喜欢她，总的来说，没有人为难她；直到一个阳光明媚的春日，她的爸爸悉尼爵士在早餐时宣布了一个新计划。

家人们警觉地互相看了看——悉尼爵士经常有新计划，而它们常常意味着混乱和破坏。

"我决定，"悉尼爵士宣布，"建一座新房子。"

"可是我们已经有一座房子了，亲爱的。"约瑟芬夫人劝说道。

"不是用来住的，"悉尼爵士说，"是避暑别墅！

5

专门用来聚会和野餐。"

"那要花多少钱?"约瑟芬夫人比丈夫理智得多。

悉尼爵士摆摆手,意思是"跟聚会和野餐相比,钱算什么?"

"我要把它建在河对面的草地上。"他说。

奥莉薇不禁心里一惊。

"想想看吧!"悉尼爵士高声道,"夏天的傍晚,月亮,星星……一回头就能看到山谷,庄园里灯火通明……多引人注目啊!一定让人刮目相看!"

悉尼爵士是一个喜欢让人刮目相看的人。

奥莉薇鼓起勇气,问道:"盖在草地的什么地方?"

爸爸在椅子上挪了挪身子,没有说话。奥莉薇凭着直觉知道了答案。

"我的橡树在那儿。"她说。

悉尼爵士点点头:"我很抱歉。但还有很多别的树呢。"

"它们和我的树不一样!"奥莉薇说,"那棵橡树是我的朋友。"

每个人都盯着奥莉薇,连仆人也不例外。他们很少听到奥莉薇说话,更不用说和她爸爸顶嘴了。可能因为太出乎意料了,悉尼爵士说道:"好吧。我现在要出门,会在下午茶时间回来。如果到时候你能想出比我的避暑别墅更让人刮目相看的主意,我就不砍那棵橡树。"

"你保证吗?"奥莉薇问。

"保证，"悉尼爵士看看手表，"你还有七个多小时。"

"我一定能做到！"奥莉薇发誓，"我一定会想出办法！"

她跑出餐厅，冲下山坡，跑过小桥，穿过树林，来到那片草地上。这时，她所有的决心都消失了，浑身无力地瘫倒在她的老橡树下。

她不知道接下来该怎么办。

风吹过橡树的枝干，奥莉薇蜷缩在老橡树脚下。

"帮帮我。"她说。

橡树叶子叹了口气。

树林里的树木也跟着叹息。

奥莉薇感到昏昏欲睡，她闭上眼睛，打了个哈欠。

她绝不能睡……绝不能……她必须想办法才行。

她睡着了。

钟楼上整点报时的钟敲响了。

当奥莉薇醒来的时候，草地、橡树和周遭熟悉的风景全都消失不见了。

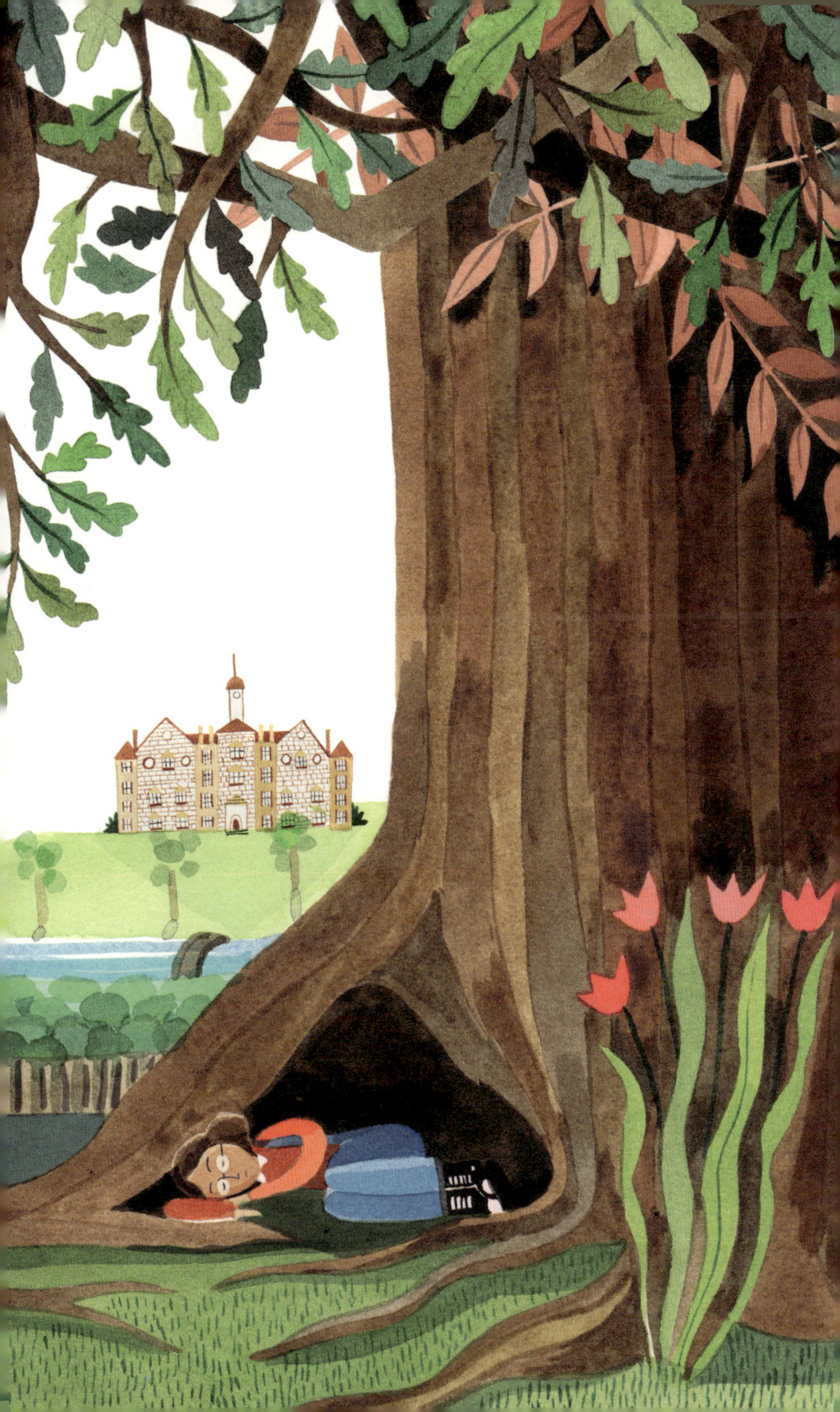

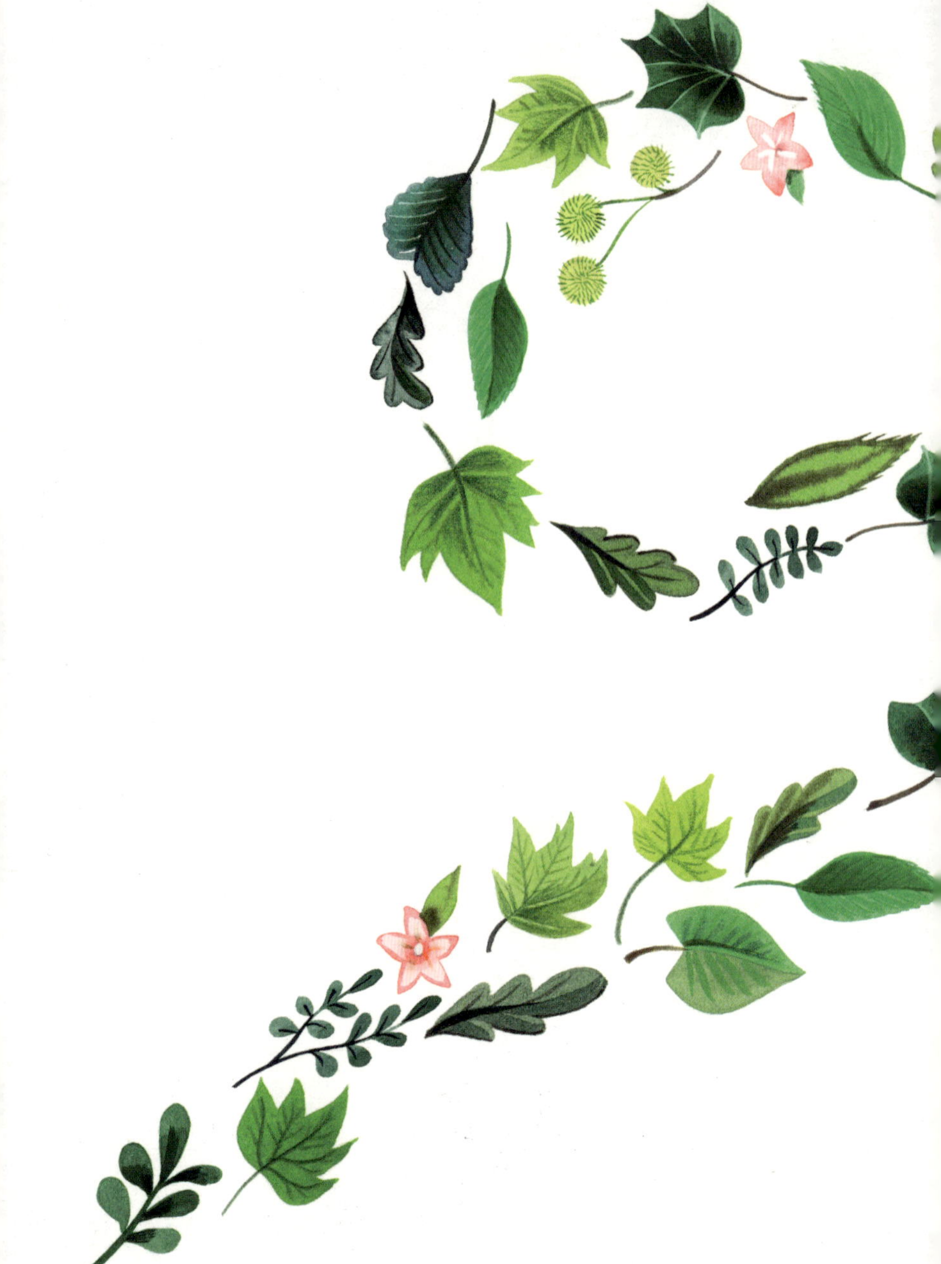

2

跟其他树种的森林相比，橡树林能让更多的生物栖息——有2300多种鸟类、哺乳动物、昆虫、苔藓和真菌以橡树林为家园。

橡树大约有 600 种。

它们能长到 20~40 米高。

它们通常能活 100~300 岁，也有一些能活 1000 多岁。

每年秋天，松鸦都会埋下数不清的橡子作为越冬的食物，其中一些橡子会长成新的橡树。

橡 树
（壳斗科）

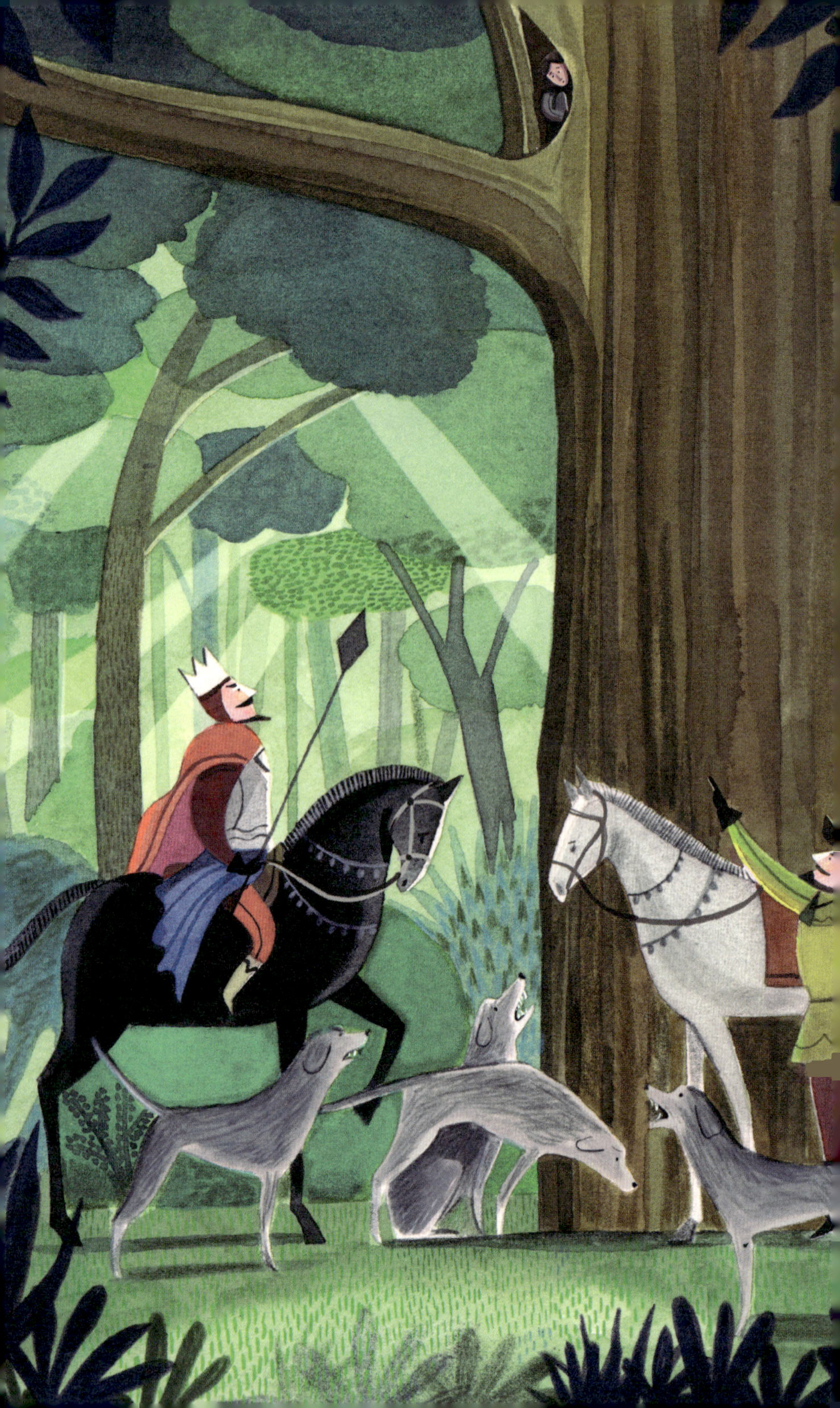

橡树

奥莉薇躺在森林中的空地上,一个声音在她耳边尖叫。她爬起身,屈膝环顾四周,却不见人影。这是哪里?她从未见过这样的森林,这么近在咫尺,这么枝繁叶茂、生机勃勃。巨大的树木参天蔽日,藤蔓、苔藓和巨型真菌覆盖着树干,树下则小树丛生。还有那些声音!树枝嘎吱作响,树叶沙沙摇动,乌鸦呱呱鸣叫,啄木鸟嗒嗒敲着树干,还有一些更活泼的小鸟不停地婉转啁啾。奥莉薇以前去过的森林都有人类活动的痕迹——被砍伐的树啊,农田啊,小路啊,篱笆啊,这里却全都没有。

这片森林是彻底的荒野,但奥莉薇并不害怕。恰恰相反,她感到非常兴奋——带着一种欢快的晕眩，和周围的环境一样充满勃勃生机。

等眼睛适应了昏暗的光线后，奥莉薇发现自己置身于一片草地的边缘，不远处有一棵大橡树。她的心怦怦直跳，过了一会儿才渐渐平静下来。她看见这棵橡树比她的那棵橡树更加高大、古老，甚至和家里的钟楼一样高，树冠大得足以遮盖整个露台，盘曲的枝干上覆满常春藤。

"我叫你站起来！"

听到这个声音，奥莉薇跳起来。她四下寻找说话的人，可一个人影也没看见。

"我被压坏了！"

奇怪的是，这个声音既在她的头脑里，又在她的头脑外。

这太疯狂了，奥莉薇想。

她蹲下来，盯着自己跪过的地方，只看到几片枯叶、一些蘑菇、一条巨大的橙色鼻涕虫……

"是你吗？"她问。

橡 树

一阵可怕的沉默后,传来一个冷冰冰的回答:"不是。"

"你不能挥挥手什么的吗?"

又是一阵冷冷的沉默。

"没人帮忙的话我做不到。"那声音说道。

就在这时,一阵风吹过林中空地。树木摇晃起来。覆盖在森林地面上的枯叶被吹起又纷纷飘落。

"你现在一定能看见我了。"那个声音说,"我在向你招手呢!"

奥莉薇又看了看。

"我看到了一根……树枝?"

"一根树枝?"

"更像是一棵幼苗,"奥莉薇说,"一棵非常小的树……"

一个念头潜入奥莉薇的脑海,简直太不可思议了,她赶紧闭上眼睛,祈祷它快点儿消失。不可能是这样,绝不可能!小心翼翼地,她又睁开眼睛,幼苗还在那儿,还没有她的膝盖高,有着像草一样纤细的绿茎,顶端长着两片很相像的叶子……

奥莉薇砰的一声重重坐在地上。

"我想,你就是我的那棵橡树。"她有点儿恍惚地说。

"你的橡树?"小树在微风中挺了挺腰,好让自己看起来更高大一些,"我不属于任何人。"

怎么会是这样?奥莉薇双手抱着膝盖,思索起来。

在她醒来之前,到底发生了什么?

橡 树

她和爸爸吵了一架……跑到了那棵橡树跟前，蜷缩在它脚下……请求它的帮助……这可能吗？

"你缩小了。"她说。

"缩小？"小树不解地问。

奥莉薇看着小树。

"我想，"她说，"我可能穿越回过去了。"

"这还能说得通。"小树说。奥莉薇感到它松了口气。接着它又问道："那么，你是从哪儿来的？"

"我来的那个地方，你很高大。"为了让小树相信，奥莉薇用肯定的语气对它说。

"有多高大呢？"小树苗问，"是森林里最高最大的树吗？"

想到她那棵树孤零零地站在草地上，奥莉薇决定还是先不提这个。

"我是不是很了不起？"小树问。

奥莉薇还没来得及回答，一群乌鸦从那棵老橡

树高高的枝丫上飞了起来,一个刺耳的声音穿透了森林。

那是狩猎的号角。

橡树

一只母鹿闯进林中空地，停下来竖起耳朵听了听，又消失在树丛中。

奥莉薇一下子跳起来。她忽然感到一阵害怕，恐惧像是从地下升起来的，一直蔓延到她的四肢和整个身体。

她听到猎犬在远处兴奋地嚎叫。

"猎狗来了。"一个新的声音——比树苗的声音更深沉——在奥莉薇的脑海内外回响，"你现在不安全。"

"是老树在说话，"树苗低声说，"它就在空地边上。"

奥莉薇跑到那棵古老的橡树脚下。

"我该怎么办？"

"爬上来。"那个声音说。

奥莉薇犹豫不决。这棵橡树古老庄严，就这么爬上去让她觉得有点儿失礼。

猎号又响了，猎犬狂吠。奥莉薇双手紧紧抓住一根常春藤，爬了上去。

奥莉薇不仅喜欢爬树，而且十分擅

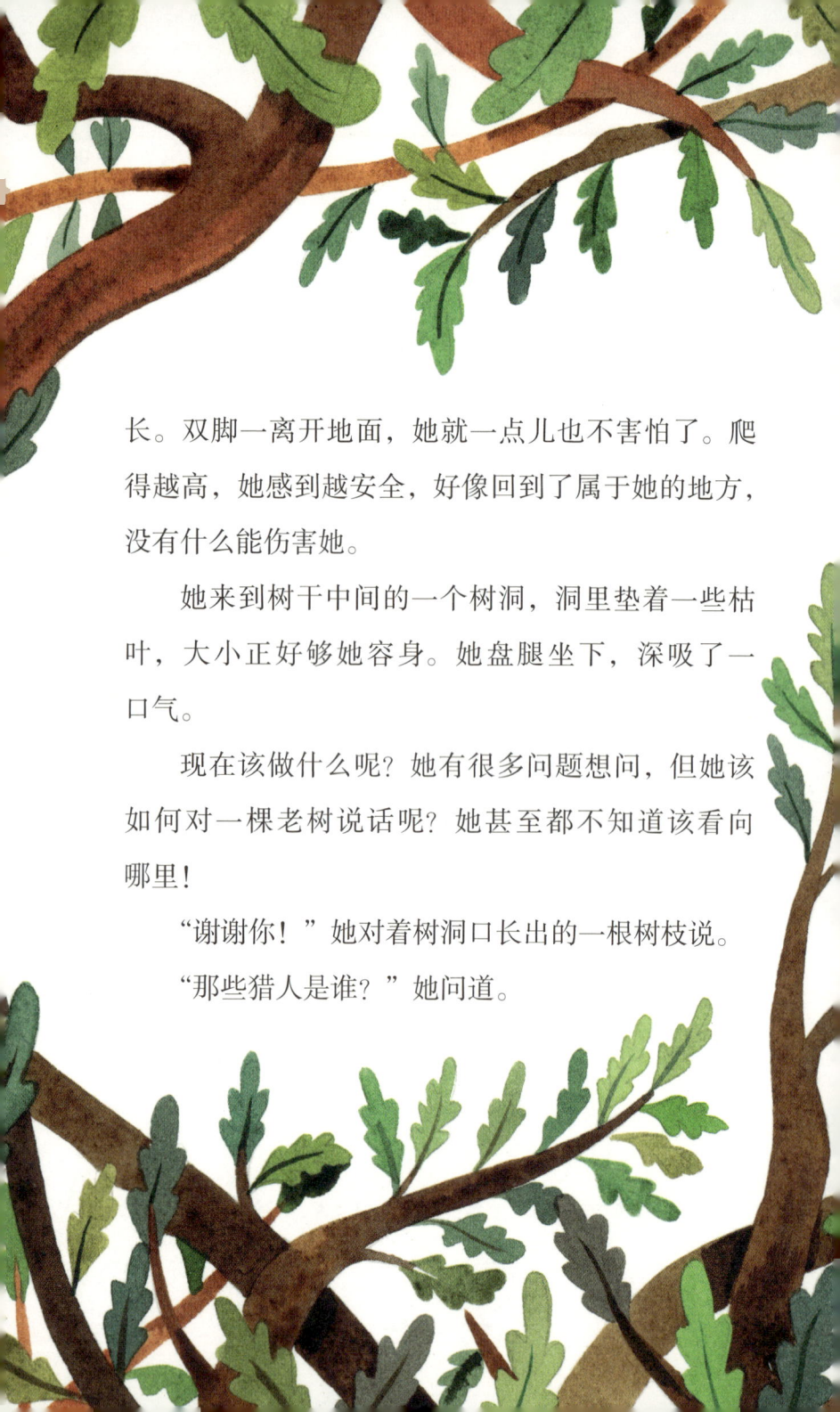

长。双脚一离开地面,她就一点儿也不害怕了。爬得越高,她感到越安全,好像回到了属于她的地方,没有什么能伤害她。

她来到树干中间的一个树洞,洞里垫着一些枯叶,大小正好够她容身。她盘腿坐下,深吸了一口气。

现在该做什么呢?她有很多问题想问,但她该如何对一棵老树说话呢?她甚至都不知道该看向哪里!

"谢谢你!"她对着树洞口长出的一根树枝说。

"那些猎人是谁?"她问道。

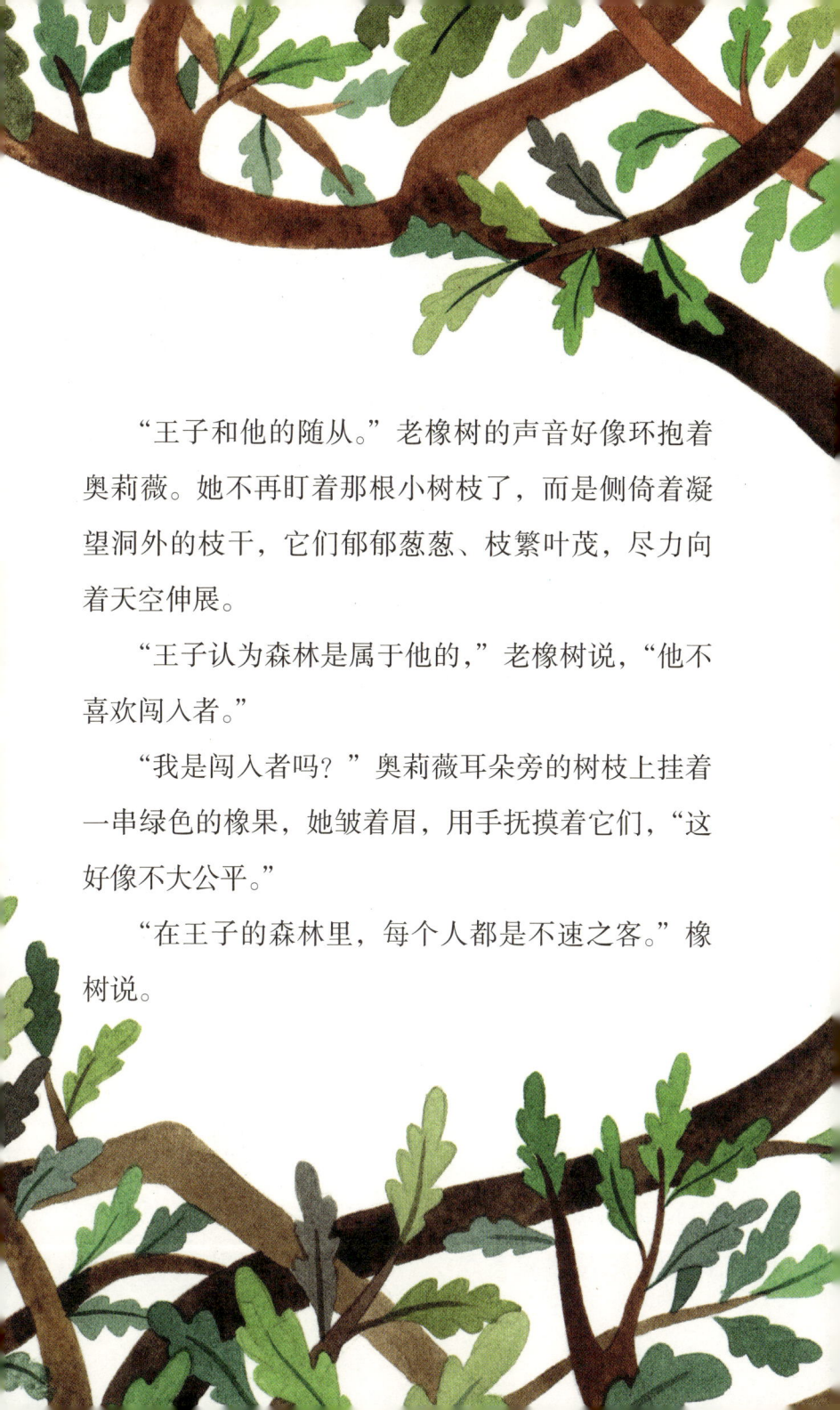

"王子和他的随从。"老橡树的声音好像环抱着奥莉薇。她不再盯着那根小树枝了,而是侧倚着凝望洞外的枝干,它们郁郁葱葱、枝繁叶茂,尽力向着天空伸展。

"王子认为森林是属于他的,"老橡树说,"他不喜欢闯入者。"

"我是闯入者吗?"奥莉薇耳朵旁的树枝上挂着一串绿色的橡果,她皱着眉,用手抚摸着它们,"这好像不大公平。"

"在王子的森林里,每个人都是不速之客。"橡树说。

奥莉薇想起小树苗刚才说过的话——"我不属于任何人"。

"这真的是王子的森林吗?"她问。

"他喜欢这样想,"老橡树说,"好像一片森林能被谁拥有似的!不过,嘘——猎人的猎物在这儿。"

奥莉薇探身向前,透过常春藤的叶子悄悄向外窥视。

一个男孩穿着破烂的束腰外衣和马裤,赤脚站在空地中央。一开始,奥莉薇看不见他的脸,因为

橡 树

他弯着腰,手放在膝盖上。后来他站直了,她看到他和自己年纪相仿。

她又皱起了眉。

"我不明白,"她问,"他是谁?"

"只是个孩子。"橡树叹了口气。

"可是他在这儿干什么呢?"

"王子不喜欢闯入者。"老橡树重复道。

猎狗的声音越来越近了。在它们的嚎叫中,奥莉薇听到了夹杂其间的人的脚步声和马蹄声。她因为紧张而感到脊背一阵刺痛。男孩呆呆地僵立在空地中央。他也听到了。

"如果猎人抓住他,会怎样处置他?"

老橡树没有回答。奥莉薇用手把住树洞的边儿。

"来这儿!"她喊道,"抓着藤爬上来!"

但男孩没有抬头。

奥莉薇伸手从头顶摘了三颗橡果。"对不起。"她一面给老橡树道歉,一面瞄准了男孩。

前两颗橡果没打中,第三颗打中了男孩的头顶。他吓了一跳,抬起头来。

"爬上来!"奥莉薇喊道。

男孩照做了。

他上来了。奥莉薇焦急地盯着猎人们。

"来这儿!"当男孩靠近她藏身的地方时,她悄声说。

男孩一言不发地爬进树洞,坐到她身边。奥莉薇伸手去拍他的肩膀。

但她的手直接从他的身体上"穿"过去了。

奥莉薇瞪大了眼睛。"他听不见你说话,"橡树轻声低语,"没有人能听到。只有我们,还有……"

猎狗的叫声越来越近了。

奥莉薇不相信老橡树的话，她伸出手，在男孩的脸上来回抚摸。男孩连眼睛都没眨一下。

"可是他刚才听见了，"她说，"我知道他听见了。"

"他感觉到了你扔的橡果。"老橡树说，"这是另一种倾听的方式。不过现在先保持安静……他们来了！"

猎人们冲进了林中空地。

十几只猎狗冲过来，后面紧跟着两个骑马的人。第一个是王子本人，他骑着一匹黑色的骟马；第二个是一位骑士，骑着一匹灰色的母马。与被追捕的男孩截然不同，他们衣着华丽，趾高气扬。

"他去哪儿了？"王子策马在空地上兜着圈子，

橡 树

猎狗在草地上嗅来嗅去。

树洞里,在奥莉薇的旁边,男孩尽可能蜷缩成一团。

一只猎狗嚎叫着蹿向老橡树,在树干上又抓又挠,其他猎狗也拥了过来。

男孩发出一声恐惧的哀鸣。

奥莉薇一动不动地坐着。

王子跳下马背,大步朝橡树走来。

"这里有脚印!"他指着草地喊道,"树干上的常春藤都被扯掉了!有人刚从这儿爬上去……"

他仰着头，冲着老橡树喊道："下来，小东西！你最好乖乖听话，这是为了你好！"

男孩把身子蜷缩得更紧了。

奥莉薇握紧了拳头。

骑士也下了马。他和王子交谈了一阵，但声音太小，奥莉薇没听清。

王子似乎下达了什么命令，骑士好像在抗议。短暂的争论后，骑士点了点头，重新上马，沿着来路慢慢离开了空地。

橡 树

"他要去哪儿?"奥莉薇问。

老橡树树枝的嘎吱声听起来就像哭泣。

他们等待着,包括老橡树、橡树下的王子、猎犬和黑马,以及躲在树洞里的奥莉薇和男孩。

起初很安静,但是奥莉薇听到和他们一起等待的森林开始喃喃低语,声音越来越大。

不好的事要来了,她能感觉到。是非常糟糕的事。

骑士终于回来了。一起返回的不仅有他和灰马,还有另一个人,手里拎着一把斧头跟在后面。

第一斧落了下来。

橡树颤抖着。

奥莉薇叫了一声,但没有人听见。

又是一斧。随着老橡树的呻吟,森林的声音变得越来越清晰。

"答应我们。"它们沙沙作响,低声道,"用你的生命起誓。"

"答应什么?"奥莉薇小声问。

"到时候你一定保护我们。他们会嘲笑你,说你

橡 树

还小什么都不懂,但你必须大声说出来,直到他们听见为止。"

奥莉薇咽了口唾沫:"我不太擅长与人类交谈。"

"你会想出办法的。"这时,樵夫举起斧头,准备砍第三下。

"答应我们。"整座森林呜呜作响。

"我答应。"奥莉薇回答,同时对自己这么坚定感到惊讶。

"你答应什么?"

"到时候,我会保护你们。我将大声说出来,越来越大声,直到别人能听到。我以性命担保。"

第三斧砍了下来,但是奥莉薇没有听到。猎狗的嚎叫、乌鸦的聒噪、树木的嘎吱声和沙沙声都消失了。怪异的寂静笼罩了整座森林。那是一种绝对的寂静。

随着森林地面上树叶的舞动,暴风雨悄然来袭。

继而地面上巨浪翻滚,波涛汹涌。接着,各种

声音又瞬间响起。猎狗狂吠,两匹马打着响鼻,头顶的乌鸦发出警告般的尖叫。森林的地面开始像海浪一般上下起伏。

奥莉薇和男孩紧紧抓住树洞口,老橡树的叶子纹丝不动,一根树杈、一条细枝也没有动。奥莉薇瞥了一眼其他的树,看到它们也纹丝不动。

什么样的风暴会仅仅席卷森林的地面?

在他们下面,远处森林的地面起伏着。一条树根破土而出,闪电般穿过空地朝受惊的猎狗扑去,紧紧缠住其中一只,把它远远地抛向空地的另一边。

橡 树

猎狗呜咽一声,跳起来逃走了,其他猎狗也望风而逃。两匹马脱缰而去。森林任由它们逃走了。不过,对那些人,森林就没那么客气了。

另一条树根冒了出来,接着又是一条。

王子、骑士和樵夫试图逃跑,但是一次又一次被树根甩到地上。到了最后,森林好像累了,随着最后一甩,樵夫从林中空地飞了出去。两条树根缠绕着王子和骑士,把他们高高举到半空。

有那么一个可怕的时刻,奥莉薇以为他们会被撕成碎片。可最终,他们也被甩了出去。

风暴戛然而止,就像开始来袭时一样突然。大地闭合,森林的地面平静下来。一阵旋风后,树叶轰然落地。

奥莉薇深吸了一口气。

"刚才发生了什么?"她低声问道。

老橡树沉默不语。

几分钟后,男孩确信猎人们不会再回来了。他浑身颤抖着从树上爬了下去。

奥莉薇目送他离去。她没有想到他会回头看。他走到那条小路上时,

忽然转身凝视着奥莉薇坐着的地方,把手放在了心口。

作为回应,奥莉薇也举起了手。

然后,男孩走了。

奥莉薇又待了一会儿。

"我能问个问题吗?"她说,"有点儿冒昧,但我很想知道。"

周围的树枝轻轻摇晃着。

"在我生活的时代,我出生的地方……你不在那里。你怎么了?"

老橡树的树枝舞动着。不过它一开口,声音却相当严肃。

"万物都有凋零的时候,大树也一样。"它说,"可是,某种程度上,我不是一

直在吗?看看下面那片空地,你看到了什么?"

奥莉薇望向空地:"我看到了草和树木,看到了小路和枯叶,如果眯起眼睛,我还能看到我的小橡树……不,不是我的小橡树,不对,我的意思是那棵小橡树和……哦!我明白了!我明白了!"

奥莉薇笑了。她身旁树枝上的橡果沙沙作响。

"这棵小橡树是从你的一颗橡果里长出来的。哦,我太高兴了!"

"现在你必须走了,"老橡树温柔地说,"你必须找到下一棵树。"

"下一棵树是什么?"奥莉薇问,"什么意思?"

"七棵树,七个小时,要讲七个故事……"老橡树的声音正在逐渐消失,"它们会帮你实现诺言的。"

橡 树

"可我该怎么做呢?"奥莉薇追问道,"它们在哪儿?我怎么才能认识它们?"

远处传来了钟声。老橡树没有回答。

奥莉薇猜它不会开口说话了。

一朵黄色的花随风向她飘来。奥莉薇伸手去接,但它打着旋儿飞走了。

"跟我来吧!"它似乎在说。

于是,奥莉薇从老橡树上爬下来,跟着它走进了森林。

蜜蜂喜欢椴树花,并从中采集花蜜。但椴树花粉中含有一种特殊的糖,蜜蜂如果吃得太多,就会昏昏欲睡。

椴树大约有 30 种。

它们能长到 20~40 米,或者更高。

像橡树一样,它们通常能活 100~300 年,也有一些能活 1000 年以上。

当心在树下打盹儿的蜜蜂!

椴 树
（锦葵科）

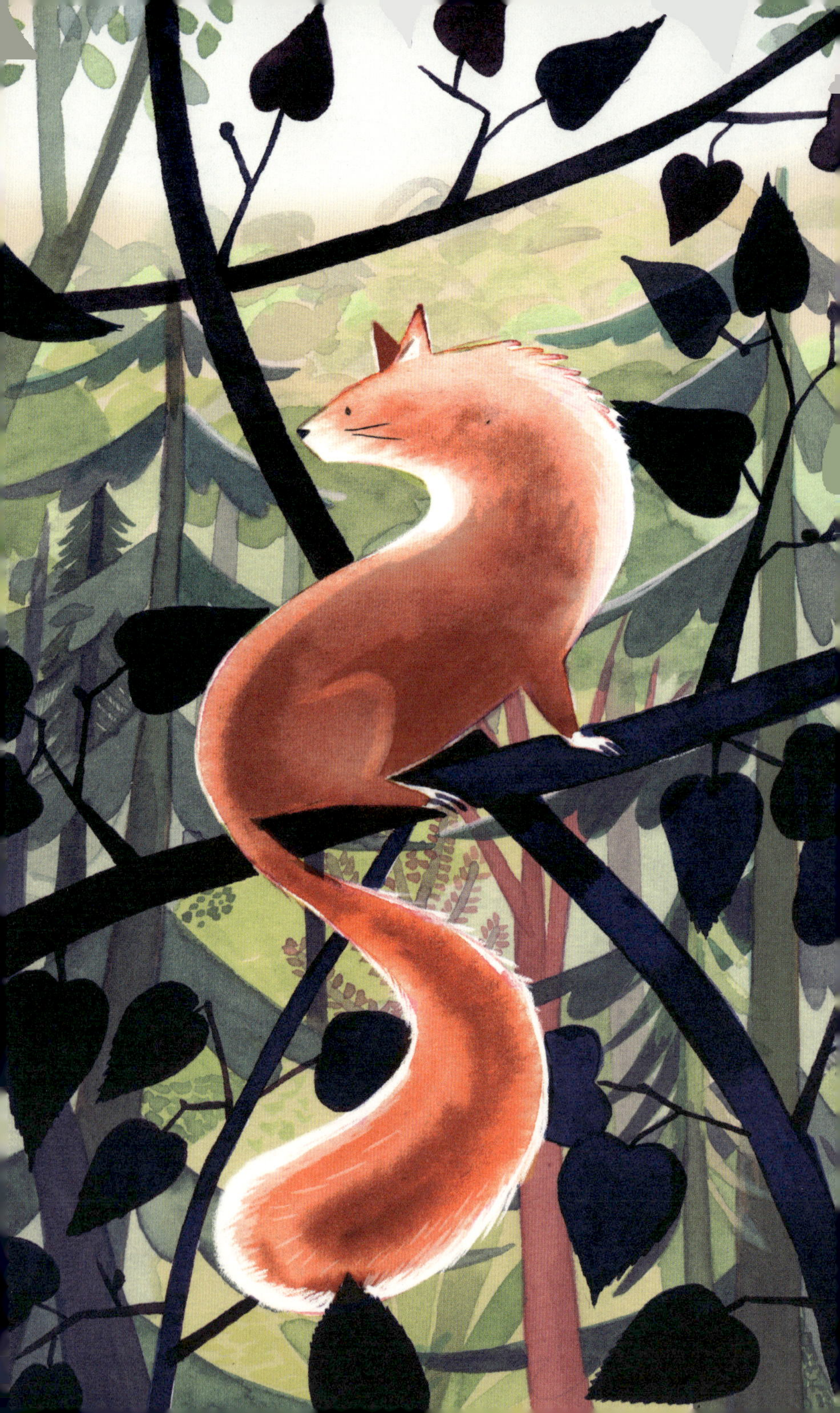

椴树

椴树就像一座城堡，有可以倾倒热油的防御工事和用于射箭的窄豁口。有一个词可以形容这样的城堡——坚不可摧，意思是不可征服，无法占领。

奥莉薇从未见过如此坚固和巨大的树。她绕着它走，试着数自己走过的步数。但她走到50步时就放弃了。她仰起头向上看，不由自主地眨了眨眼睛：一束束阳光穿过椴树树冠的缝隙倾洒下来，耀眼夺目，与幽暗的森林地面相比，那儿简直是另一个世界。上面会是什么样子？

"你可以永远看下去。"椴树的声音出乎意料地温柔，羽毛般环绕着奥莉薇，让她有一种奇怪的失重感。

"爬上来吧，我带你去看看。"

奥莉薇没有多想，开始往树上爬。

这里没有藤蔓，但椴树多节的树干提供了帮助。她爬到第一根树杈上。树杈很粗壮，一直伸展到她看不见的地方。要探索一棵像这样的大树需要好几天，甚至好几周！

奥莉薇爬得越高，光线就变得越明亮，于是她又想爬得更高。树枝越来越细，有些已经被奥莉薇压弯了，但她并没有停下来，直到一根树枝被彻底压断，她脚下一空。下面的树枝发出一连串的噼啪声。

奥莉薇的四肢被周围的树枝撞得生疼，她花了一会儿才勉强站稳脚跟。她喘了口气，再次凝视着透过树叶洒下来的阳光。

怎样才能爬到树顶呢？

椴树摇晃着，微风轻拂着奥莉薇的脖子。

"有办法，"它说，"但是很危险。我应该告诉你吗？"

奥莉薇看看地面，又揉了揉已经瘀青的胳膊。

"是比跌倒更危险的事，"椴树低声道，"要我告诉你吗？"

奥莉薇又看了看地面。安全起见，她可以现在就下去……但她瞥了一眼头顶的天空。

"告诉我吧。"她说。

椴树开始讲它的故事。

从前有个叫卢卡的男孩,他和父母生活在一座大城市,那里总是有精彩和令人兴奋的事情可做,他很喜欢那里。可是在他11岁的那年冬天,城里出现了一种新的疾病。他的妈妈被感染了,病得很重,医生建议他们全家搬到乡下去,乡下的新鲜空气和安静的环境会帮助卢卡的妈妈好起来。于是他们来到了这里。

卢卡的父母热爱乡村。他妈妈每天坐在花园里,病情一天天好转。他爸爸则读了很多书。只有卢卡讨厌这儿。他很想念城市。他没有兄弟姐妹,也没有朋友一起玩,这让他感到十分无聊和孤独。他开始变得脾气暴躁,动不动就生闷气。

"你为什么不出去玩一下呢?"当卢卡在屋子里踱来踱去,砰砰地摔着房门的时候,他的父母建议道,"有一整片森林等着你去探索呢!"

但卢卡对探索不感兴趣。几个月过去了,他几乎没有踏出过家门。春天来了,他爸爸失去了耐心。"如果你不能享受这儿的生活,"他对卢卡说,"我们就送你去上学。"

"外面真的很漂亮,亲爱的,"妈妈温柔地说,"出来和我一起去花园吧,我带你看看它有多美。"

树语女孩

卢卡不想上学，也不想去看花园，于是他走进了森林。不过他也讨厌森林，讨厌鸟儿和它们春天里令人头昏脑涨的鸣唱，讨厌田野里愚蠢的毛茸茸的羊羔和大眼睛的小牛。他讨厌那些欢欣的花儿，它们总是让他想起自己的痛苦——远离朋友和他热爱的城市生活。

卢卡跑了起来，越跑越快，这是他有生以来跑

椴 树

得最远的一次。他一直跑到森林的中心,倒在一棵大树下。

卢卡翕动了一下鼻子。一颗泪珠顺着他的脸颊滚落下来。

"我希望有人能帮帮我。"他喃喃自语,闭上了眼睛。

远处传来了钟声……

卢卡睡着时,森林里一片漆黑,阴森恐怖。醒来之后,他的第一个感觉是天太亮了。以前他怎么从没留意到这么多细节呢？比如，小路上的苔藓和细小的花，还有草叶上蠕动的青虫。

他的第二个感觉是森林里的声音太大了——不仅有鸟儿的啼叫，还有树叶摇摆和颤动的声音，瓢虫扇动翅膀的嗡嗡声……还有气味——甜美的树汁，柔嫩的叶子和椴树花的清香，还有微风从更远的地方送来的、某种危险的气息……

一切都那么…… **大**。

卢卡知道自己变得不一样了。他战战兢兢地低头看了看自己……

椴 树

他看到的不是手,而是细长、锋利的爪子。他低了低下巴,看见了胸前的白色皮毛围兜;接着他又转过头,看到柔软的红毛上翘着一条毛茸茸的尾巴……

"爬!"

这个声音既回荡在他的脑海里,也在他的脑海外,忽而强烈有力,忽而轻柔如翼,和卢卡以前听过的任何声音都不一样。他确信它来自树上。

卢卡想说话,却什么也说不出来。他抬头看着那棵高耸入云的大树。

"一直爬到树顶，"大树低语，"我要给你看一些美丽的东西，以后它们会永远陪伴着你。"

卢卡照做了。

整个森林都看着他。

卢卡慢慢爬着，在摸索中前进，新的感觉方式让他晕头转向。当大树告诉他有危险时，他听得心不在焉。

"在下次钟声敲响之前，"大树说，"你必须做出选择。"

一只瓢虫爬过，卢卡探出爪子去抓它，但瓢虫飞走了。

"这个选择是无法改变的。"大树继续说道。

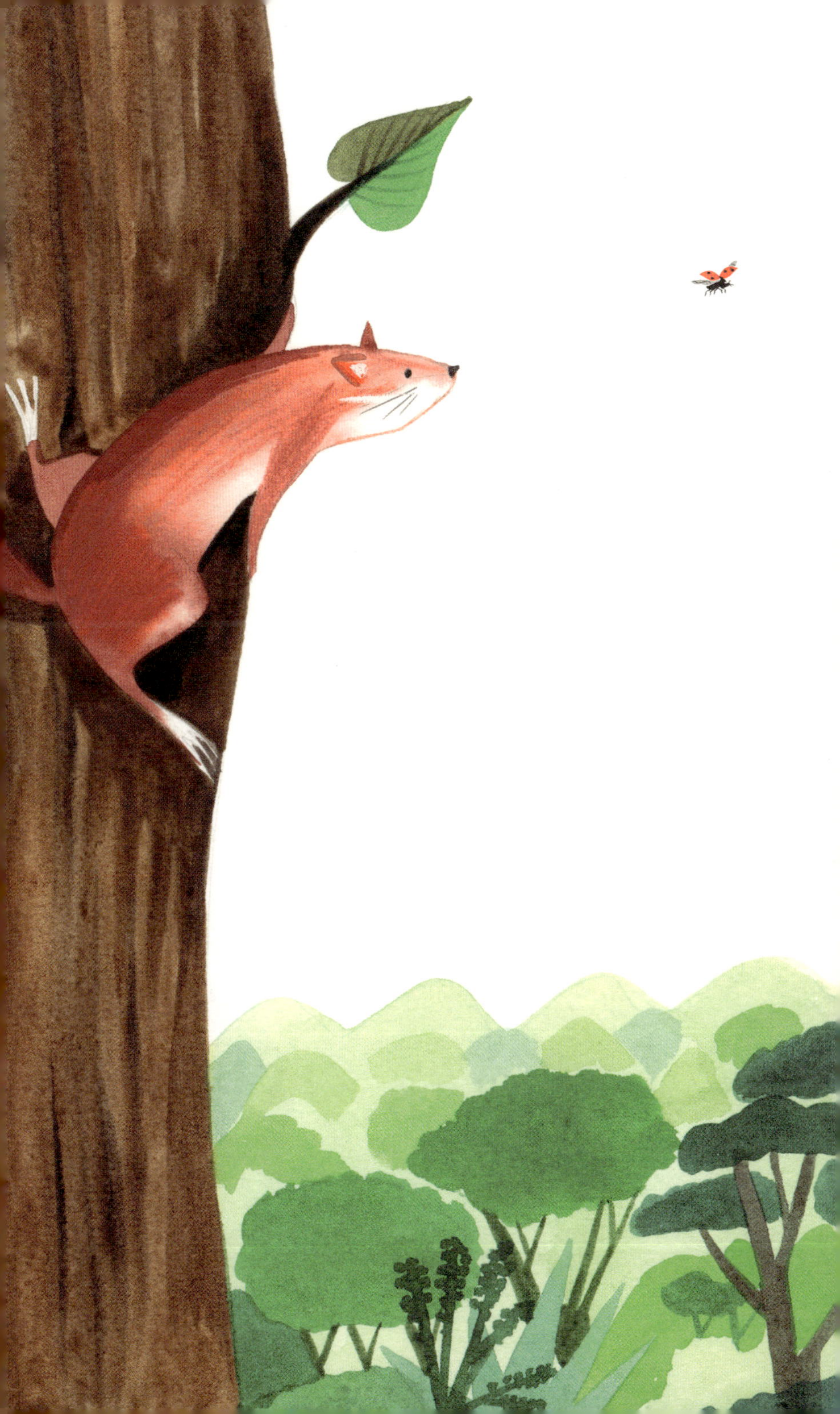

卢卡想,如果他要抓住虫子,就得动作快一点儿。他绷紧肌肉,张开爪子,用尾巴稳住身子,猛地向大树冲去。抓住树干后,他得意扬扬地蹿上树枝。而附近的另一根树枝上,一只甲虫正在爬行……

这一次,卢卡可不会慢了。他缩回爪子,全身绷紧,双眼紧盯甲虫……发力,纵身……伸展……飞起来!

他完美地降落在甲虫旁边,眨眼间便把它吞进了肚里,就像他一直都这么做似的。

美味无比。

卢卡忘了要爬到树顶的事。突然间,他满脑子想的都是食物。他冲回树干,放慢速度,停下来左顾右盼,四下嗅着空气——在那儿!

椴 树

在三根树枝交会的树杈上有一个鸟窝,鸟窝里卧着一堆浅蓝色的蛋……他跳到窝边,后腿悬吊在树枝上,向下探出了爪子……

嘎——

一只棕鸟俯冲下来,直啄向卢卡的眼睛。卢卡赶紧直起身,慌忙逃开。之后他又把头探进一个树洞里,钻进去嗅嗅,不料,一只猫头鹰忽然从洞里飞出来。

卢卡向下俯冲,毫无畏惧。落地的瞬间,他感到晕头转向。森林的地面上,迎面扑来的是鹿舌菜、天竺葵、蕨菜、野大蒜和去年秋天的落叶混在一起的气味,植被之下是芳香的黑土地。他在一堆腐木上蹦蹦跳

跳，和蜗牛碰鼻子，在蚁丘上玩跳房子。

卢卡四处探索，渐渐远离了那棵安全的大树，来到一片榛树林。一股新的气味让他停下脚步……这气味令人垂涎欲滴，就在他脚下近在咫尺的地方……

卢卡在地上刨了起来，潮湿的泥土四下飞溅。起初，他一无所获。但他继续刨，爪子终于碰到一个硬邦邦的东西——一颗饱满可口的棕色坚果。

他坐下来，刚把坚果举到嘴边，就听见大树的声音从远处飘过来："快跑！"

卢卡的毛竖了起来。可是坚果……

椴 树

"跑！"

一只松貂从附近一棵白蜡树的树枝上扑了过来。

卢卡瞥见一道黑白相间的闪光，瞥到了尖牙和利爪。一瞬间，他僵住了——然后他丢下坚果跑起来。

穿过榛树纤细的树干，他来到一棵冬青低垂的树枝下……之后，在一棵垂死的纺锤树倒下的枝杈缝儿里，他停住了脚步，等着松貂经过……

咔嚓！

卢卡继续跑。

他在森林的地面上迂回前进，回到大树下那堆腐烂的原木旁。他顺着那棵大树的树干向上爬啊爬啊，一直爬到树枝刚好能承受住他的地方。

  他现在安全了,但他没有停留,还是继续往上爬——一股力量驱使着他一口气爬到顶端。他越爬越高,直到树梢被他的身体压弯,接着……

椴 树

他看见了有生以来见过的最美的风景。

卢卡放眼望去,树木一直绵延到遥远的地平线。橡树和刺松、椴树和白桦树、紫红色的山毛榉和雄伟的榆树,各种不同的树织锦般交会在一起。卢卡觉得自己仿佛看到了整个世界,而且这个世界永无尽头。

他不知所措。

"时间不多了。"大树低声道,"你必须做出

选择。你是想像现在这样呢，还是变回原来的样子？"

做选择？在什么之间做选择？现在他可以攀爬跳跃，追逐嬉戏，这里有令人陶醉的树汁气息和甲虫的美味，还有世界从脚下飞过时的感觉……

还有什么别的？还有什么比这更好？

卢卡隐约回想起妈妈说要带他去看花园时的温柔，想起她病得那么重，如果他不见了，她该怎么办？他想起了爸爸、朋友、游戏和饭菜……

于是他做出了选择，急忙跳到地上。钟声响起，他又变回了男孩。

之后的日子里，卢卡每天从早到晚都在森林里探索。他没有后悔自己的选择。回到城里后，他把这里的一切都放在了内心深处，而他的一部分也永远留在了这里。

椴 树

椴树讲完故事,沉默了一会儿。

最后,奥莉薇说:"卢卡看到的那片无边无际的森林,我也想看看。"

树语女孩

"还有时间。"

"还有多少时间？"

"足够了。"

"问题是，"奥莉薇说，"如果我看到它的话，我肯定会像卢卡那样喜欢上它，但我不知道自己能不能像他那样回来。我不能那样做，我是说我不能永远离开，因为……当然……因为我的家人会很难过，

也因为我做过承诺。"

"啊,"椴树叹了口气,"一个承诺……"

"对不起,"奥莉薇说,"我的意思是,如果你感到失望的话。说实话,我很失望,但承诺更重要。"

"也许,"椴树低语道,"还有别的办法。"

奥莉薇永远不会忘记接下来发生的事情。

椴树颤抖着,奥莉薇面前的树枝像帘子一样分开了。过了一会儿,她看到了卢卡曾经见过的景象——那片无边无际的森林正如她所期待的那样广阔美丽。

很快,树枝又恢复了原状。

"我答应过,"她说,"有一天我会大声呼吁保护树木。"

椴树摇晃着,倾听着。

"森林,"奥莉薇说,"不会一直这个样子。它后来……变小了。"

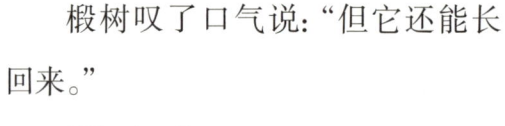

椴树叹了口气说:"但它还能长回来。"

"能吗?"

"你知道,对树来说,生长并不是什么难事——让我们自己待着就行。"

奥莉薇在椴树顶端的一根树枝上坐了很久,直到钟声又响起才爬下来。最后她抱了抱它。(她的双臂尽可能地张开抱着树干,但椴树太粗壮了,她只抱住了一点点。)

奥莉薇环顾四周,希望能找

椴　树

到去下一个目的地的线索。

　　树下放着一圈淡黄色的花朵，仿佛是送给谁的礼物。花环中央有一根小树枝，上面的叶子和花序明显是桤木的。

　　奥莉薇把树枝捡起来——她对桤木略知一二。她听到山下的某个地方传来河水流淌的声音，便朝那儿走去。

与大多数树木不同，桤木在水中不会腐烂，而是会变得更加结实和坚硬。

桤木大约有 35 种。

它们能长到 28 米高，

通常能活到 60 岁左右。

桤木被称为"先锋树"，因为它们是有益细菌的家园，这些细菌能为周围的土壤施肥。随着时间的推移，桤木让土壤变得肥沃，供其他树木茁壮生长。

桤 木
（桦木科）

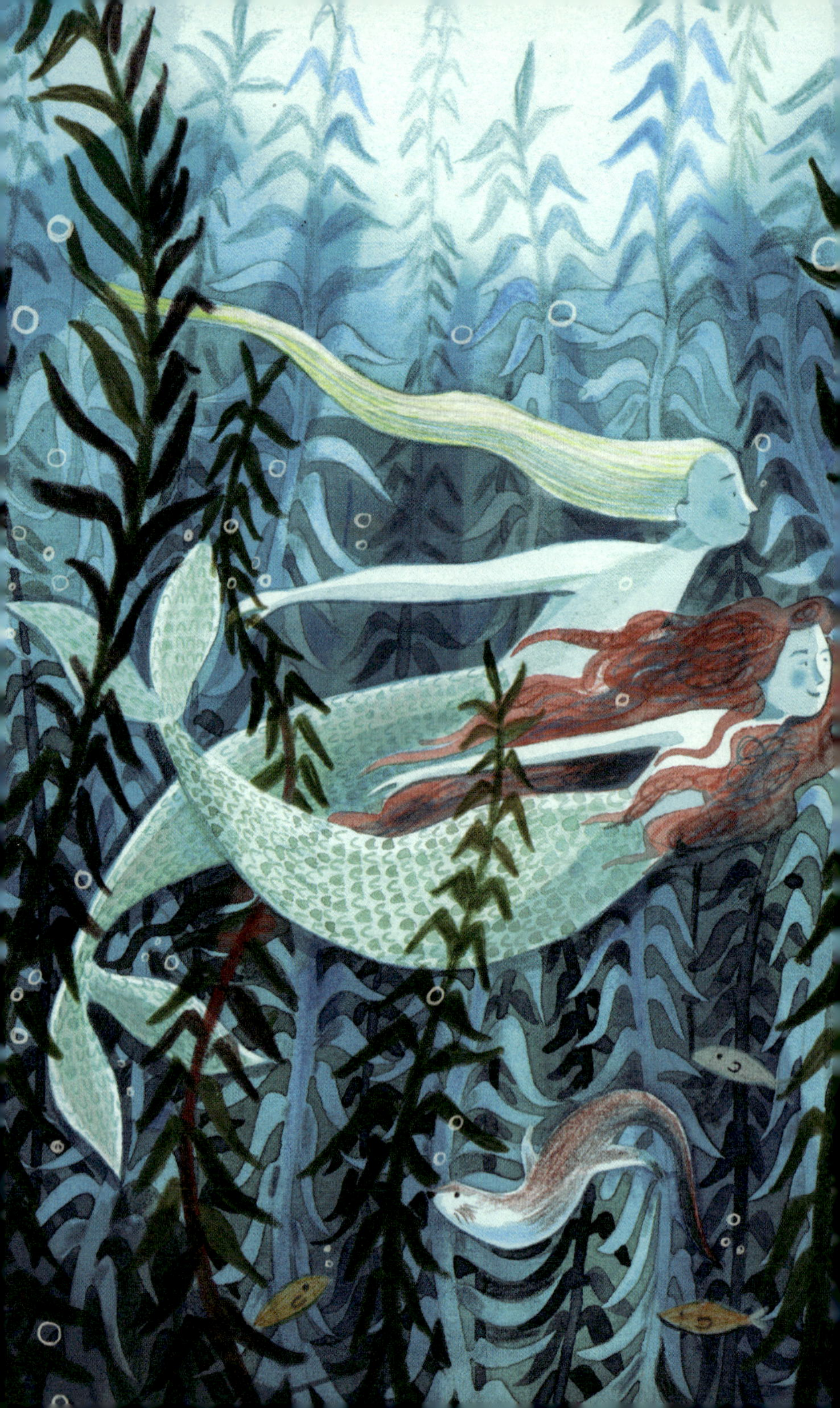

桤木

河水湍急清澈，倒映着周围的树木。河岸上长满了粉红色和奶油色的柳叶菜，空气中弥漫着干净潮湿的泥土气息，到处都是鸟鸣和潺潺的流水声。很难想象还有比这儿更美的地方。但奥莉薇无暇欣赏美景，她是来寻找桤木的——视线所及之处，唯一的桤木在河对岸。

她抱着双臂，陷入沉思。

没有桥。她必须涉水过河。这样安全吗？没有其他办法，她必须试试。

奥莉薇脱下鞋子，将两根鞋带系在一起，再把鞋子挂到脖子上。她尽可能卷高裤腿，下了水。河

水冰冷，她瑟瑟发抖。

河泥在脚趾缝儿间吱吱作响，奥莉薇尽量不去想泥里可能藏着什么。还有滑溜溜的巨石。奥莉薇弯下腰，手扶在石头上稳住自己。水面不断上涨，很快就到了她的腰，河水的冲力将她不断往下游方向推。

这绝对不安全。奥莉薇回头看了一眼。她应该回去吗？可是已经到了河中央……

她继续往前走。

几步之后，水面开始下降。奥莉薇松了一口气……然后她滑倒了。

她挣扎着，尽力把头露出水面，努力重新站稳脚跟，但水流太急，她被卷走了。

在一块巨石上滚过时,她短暂地瞥见了天光,接着又沉入黑暗的河水中。

哪个方向是上?奥莉薇拼命屏住呼吸。她一边告诉自己不要惊慌,一边奋力伸出手脚,希望能勾住什么东西,什么都行。

紧接着,有东西擦到了她。有那么一瞬间——大概半秒钟——她感到有一只手握住了她的手。她抓住一根悬在水面上的树枝,喘着粗气冲出水面,稳住身体站了起来。

奥莉薇抓着树枝,小心翼翼地走到了对岸,浑身颤抖着倒在那棵桤木的树根堆中。

"谢谢你。"她气喘吁吁地说。

桤木的叶子在微风中沙沙作响。奥莉薇仰头看

着它。它在岸边笔直地挺立，树皮开裂的树干上布满青苔，枝条开满小花。她看看树冠顶端拂过天空的叶子，又低头看看伸入水中的树根。

"我感到有一只手，"她哑着嗓子说，"我敢肯定是一只手。是你吗？"

"也许是，也许不是。"桤木的声音轻盈柔和，完全不像橡树和椴树，"水里有许多奇怪的东西。你过河时感觉到河水对你连拖带拽了吗？"

"是的。"奥莉薇拼命点头。

"一直到大海，"桤木咕哝道，"你知道海面下有一片森林吗？我有时会梦到它。那是一座海藻森林。"桤木说"海藻"这个词时，就像奥莉薇用舌头卷着太妃糖一样。

奥莉薇的牙齿开始打战。

"离水远点儿，"桤木说，"岸上更暖和。擦干身子，等你准备好了，我就告诉你。"

奥莉薇离开水边，找了一个向阳的地方。她拧干上衣和裤子，把鞋子挂在树枝上滴水，解下头上的发带，接着又在原地跳了一会儿。

完全暖和起来后，她缩进桤木脚下一个长满苔藓的树洞里。

"我准备好了。"

"那我就开始了。"

很久很久以前，有一条美人鱼。

"美人鱼？"这完全出乎奥莉薇的预料。

树语女孩

她的名字叫索尔特,她最好的朋友是一个叫布莱恩的人鱼男孩。他们俩在婴儿时共用一个贝壳——我敢肯定,贝壳是人鱼妈妈用来做摇篮的——从那时起,他们就一直相亲相爱。

故事发生的时候,按人鱼的年龄算他们是110岁,按照人类的年龄算,大约相当于11岁。他们和海豚差不多大,长着锋利的尖牙,用来咀嚼贝类,还有一头美丽的长发。人鱼的头发有红色、棕色、绿色和金色,从他们蓝色的头部,瀑布般流过蓝色的身体,一直延伸到银蓝色的鱼尾。(他们的头部与身体和人类的一样,只不过是蓝色的。)那绝对是他们的骄傲。

索尔特披着长发,但很少去打理,她享受着被头发缠住的零食——虾和小螃蟹等。布莱恩却

桤木

喜欢梳理他的长发。索尔特常因此嘲笑他，可布莱恩并不在乎。他每天要花好几个小时梳妆打扮，他的长发漂浮在他周围，像一朵美丽的云。

无论去哪里，他们总是形影不离。这两个年轻的人鱼充满野性——所有人鱼都喜欢冒险，而索尔

特和布莱恩更胜一筹。不管父母和老师立下什么规矩——月出时回家啊,不要戏弄巨大的章鱼啊,不要游到未知的沉船里去啊——索尔特和布莱恩都置之不理。每当晨光刺穿海浪,他们就冲出洞穴,跃入广阔的海洋。谁会为此责怪他们呢?你能想象那有多快乐吗?整个海洋就是一座游乐场,而且你最好的朋友就在身边……

一天下来,索尔特和布莱恩会游出很远很远,经常在日落月升、星星闪烁的

时候还待在外面。他们越过礁石,深入洞穴,穿过沉船和峡谷,有时速度快到看起来就像划过大海的两道闪光,他们的长发在身后飘动。饿了,他们就用每条人鱼都随身携带的贝刀从岩石上挖牡蛎吃;困了,他们就在海草或海葵铺成的床上打盹儿。

你知道,人鱼是海洋里所有生灵的朋友。他们真的只有一种捕食者,我指的不是海象。的确,海象有时候和人鱼合不来,但它们与这个故事无关,

而且,海象生活在非常寒冷的地方,人鱼几乎从来不去。我指的捕食者是人类。

桤木停住了。"什么?"奥莉薇抗议道,"我永远都不会伤害美人鱼!"

树语女孩

　　人类，特别是那些出海的人，那些乘船出海的人，几个世纪以来，都几乎没有什么危险。那时的渔船很小，大多数情况下，人类也都对大海心存敬畏，他们得到自己生存所需要的东西就知足了。人鱼也是如此。海洋里保持着一种平衡，所有生物都很满足，连鱼也不例外。但后来，人类身上发生了一些变化。他们越来越多，而且越来越聪明。随着人口和智慧的增长，他们的船只也不断升级，古老的小木船换成了拖网捕鱼的大船，这些大船在海洋中横行，谁都无法逃脱。人鱼只好改变了出海的方式。拖网渔船的影子一出现，他们就潜入深海，躲到渔网够不到的水下洞穴里。这很难，对那些喜欢游泳和冒险的年轻人鱼来说更是如此，但他们

桤木

必须这么做——不仅是为了保护自己，也是为了保护其他所有人鱼。如果有一条人鱼被抓住了，谁知道后果是什么？最好的情况是，他们会被放在水族馆里供人类观赏；最糟糕的情况是，渔民们蜂拥而至，最后没有人鱼能幸存。

这就是人类的所为。

人鱼们尽力藏了起来。他们用海藻和海葵装饰自己的深海洞穴,用珊瑚和珍珠制作棋盘和棋子,他们互相梳头,开设健身课程,创作歌曲和戏剧。索尔特和布莱恩也按照要求去做,他们非常听话,毫无怨言。

直到一段可怕的时期降临——拖网渔船日复一日徘徊在头顶,再也不离开了。

索尔特和布莱恩竭尽全力待在洞穴里。整整五天,他们一起下棋,听故事,唱歌,但到了第六天,他们实在忍无可忍了。

"我真不知道我还会不会游泳了。"布莱恩抱怨道。

索尔特甩了甩自己的尾巴。"我的尾巴正常。"她说,"不过如果再这样下去的话,它肯定会掉下来。"

"我们可能会变成龙虾。"布莱恩说。他们俩互相做了个鬼脸。当然啦,所有海洋生物都是他们的朋友,但只能在海底爬一爬有什么乐

桤木

趣呢？

　　他们一起来到洞口，向外张望。深蓝的海洋在他们面前绵延。他们抬头看了看。

　　头顶是拖网渔船可怕的黑影。

　　"我们就出去一点点，"索尔特说，"只要不朝着船的方向游就没问题。"

"只是为了确定我们还能游泳。"布莱恩说。

趁着没人留意,他们溜出了洞穴。

如果你很长时间都不能做自己喜欢的事,那么一旦开始做,你几乎不可能停下来。

一开始,他们只是为了舒展很久没有游泳的僵硬身体。后来,他们干脆放开胆子出发了!

索尔特和布莱恩像箭一般从水中穿过,身后留下一串串气泡。

他们浮到水面欣赏可爱的太阳,深入峡谷在珊瑚间打转;他们潜水、追逐、立着脚尖儿单脚旋转,越来越快,越来越快……

索尔特看到了渔网,她及时掉转了方向。

布莱恩就没那么走运了,他被渔网围住了。

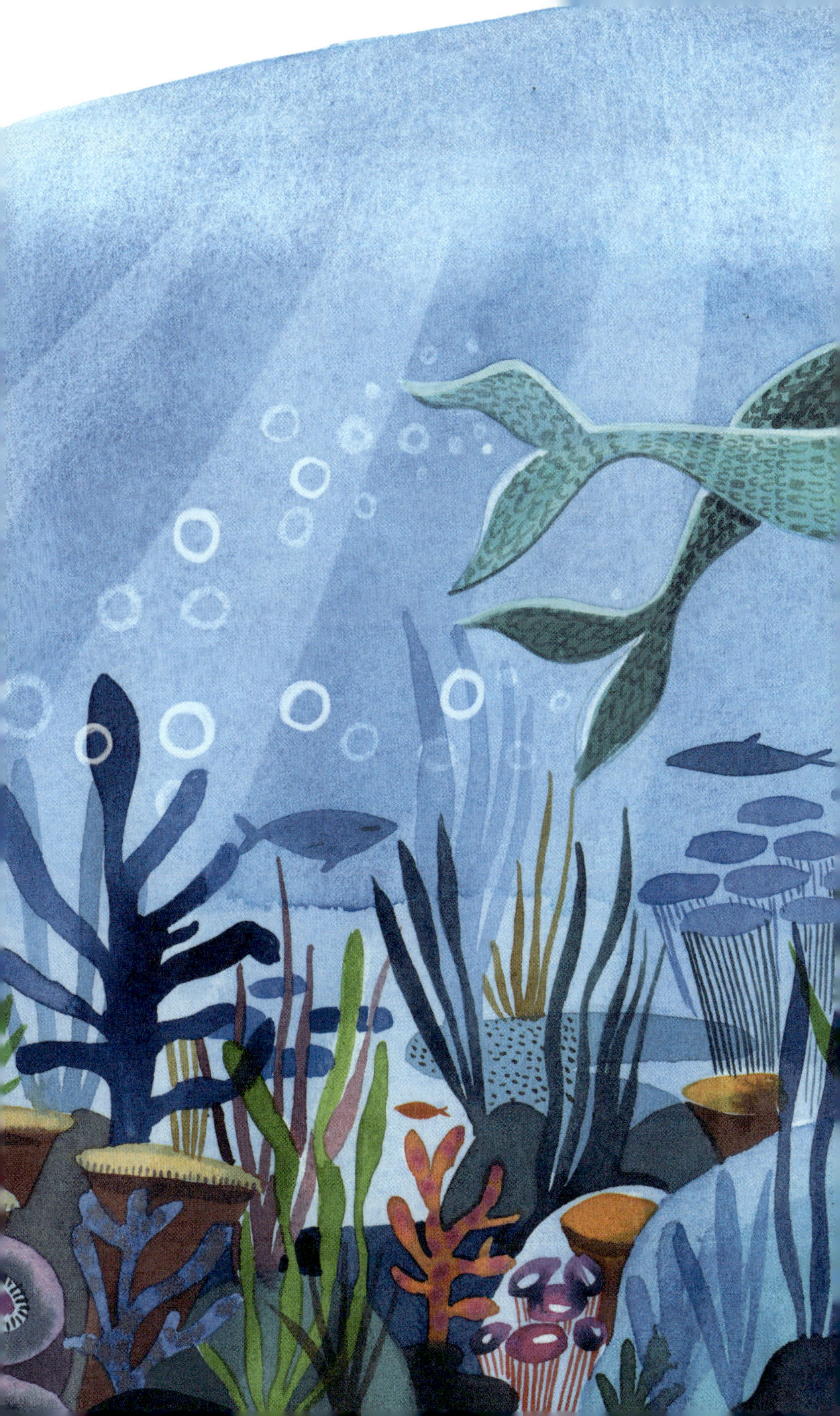

他试图转身往回游,但网里已经挤满了几百条惊慌失措的鱼。

"索尔特!"他大喊,"快救救我!"

"我在想办法!"索尔特的回答穿过挤成一团的鱼,飘进布莱恩的耳朵。布莱恩听出她的声音里也有惊慌。索尔特使出浑身解数,想用她随身携带的贝刀割断渔网,可是在坚韧的渔网纤维面前,一把蛏子壳做的小刀根本派不上用场。

嘎吱吱——咔嗒嗒——咕咚咚——

什么声音?渔网在收紧。布莱恩挤在鱼群中,努力挣扎着呼吸。索尔特望向水面,她感到自己原本冰冷的人鱼血变得更冷了,冷得仿佛要凝固。渔网正被一点点地吊出水面。

索尔特哽咽着,把刀塞回鞘里。然后她紧紧

抓住渔网，用她的尖牙咬起渔网来。

嘎吱吱——咔嗒嗒——咕咚咚——

大船的绞车拖着渔网缓缓向上，两条小人鱼和几百条鱼也随之向上。索尔特不停地咬啊咬，忍住不让自己哭出来。忽然，渔网的一根线断了。索尔特来不及喘口气，因为这个窄窄的小洞还远不够救出她的朋友。她继续咬啊咬啊咬，下巴火烧火燎地疼。渔网的线一根接一根断了，索尔特拉开一道口子，把惊慌失措的鱼一条一条放出来。其他鱼明白过来，开始纷纷从她身边游出去。最后，布莱恩从洞口挤出来了，他的头，他蓝色的肩膀，他的……

糟糕！

布莱恩美丽的长发和渔网紧紧缠在了一起。索尔特用力拉了一下。没用。她越拉，布莱恩的头发和渔网缠得越紧。

渔网还在继续上升。

只有一个办法了。

她又拔出刀来。

布莱恩呜咽着,举起手想要阻止她。索尔特把他的手挡到一边。

"你必须让我这么做。"她说。

渔网随时可能浮出水面,布莱恩会被人类抓住。

索尔特会失去她最好的朋友。

人类也会知道人鱼的存在……

刻不容缓。

索尔特用她的贝刀果断地划了几下,割断了布莱恩美丽的长发。就在渔网最上端即将浮出水面的那一刻,她握住了布莱恩的手。在她的帮助下,布莱恩蓝色的人形身体和银蓝色的鱼尾也钻了出来。她拉着他一直向下游,来到一艘安全的沉船旁边。

"我的头发!"布莱恩抽噎着说,"我美丽的头发!"

索尔特没有嘲笑他,她本来可以笑他的。她也没有指出,她割断他的头发是为了救他的命。相反,她一只手握着自己乱蓬蓬的头发,另一只手举起了贝刀。

唰——

直到把一头长发都割光了,她才停手。

"瞧!"她用手摸摸脑袋,"新发型!"

筋疲力尽,光着脑袋,如释重负的小美人鱼们游回了家。迎接他们的是责骂、震惊的尖叫、一大碗海螺和柔软的床。

但别忘了水下森林——

索尔特和布莱恩长长的头发在大海中漂流了

桉木

几天，最后在一片浅海的海底扎了根。它们一扎根就开始疯长，长得又快又壮，红红绿绿，有棕有金，一直伸向阳光，有些甚至会长得像橡树一样高。它们不断扩展，占领了世界上近四分之一的海岸线，蔓延成一片越来越繁茂的森林。鱼类在这里繁衍后代，海鸟、海狮、海獭甚至鲸鱼都能藏身其中，躲避捕食者和风暴。

桤木叹了口气。

"这难道不是一个美好的故事吗?"它问奥莉薇。

"是的。"奥莉薇舔舔嘴唇,好像尝到了一股盐味,"这些都是真的吗?"

"哦,完全真实,"桤木信誓旦旦,"我听海鸥说的。"

奥莉薇想起她上次去海边时的情景——一只巨大的银鸥偷走了她的薯条。"海鸥……"奥莉薇心想,"并不完全可信。"

钟楼上传来整点报时的钟声。桤木的叶子哗啦啦地响着。奥莉薇在树下静静地坐了一会儿,一边看着河流翻滚着奔向海洋,一边回味着索尔特和布莱恩的故事。她决定,回家之后要搞清楚关于海藻森林的一切。

槭 木

奥莉薇的衣服和头发不像她想的那么干，鞋子还是湿答答的。她皱着眉头把脚伸进鞋子里，然后发出一声尖叫——鞋子里有什么又硬又刺的东西扎到了她的脚。她把鞋子倒过来，晃了晃，一颗悬铃木的果球掉了出来。

一条细细的小路从槭木脚下的小河通向树林，小路上散落的果球为奥莉薇指明了道路。

她一边走，一边又舔了舔嘴唇。

确实有盐的味道。

悬铃木是净化空气的理想树种之一，在世界各地的城市都有种植。

悬铃木约有 10 种，

通常可以长到 30~50 米高，

能活数百年。

城市中常见的二球悬铃木，是来自两个遥远世界的两种树——原产北美洲的一球悬铃木和原产欧亚大陆的三球悬铃木的杂交品种。

悬铃木
（悬铃木科）

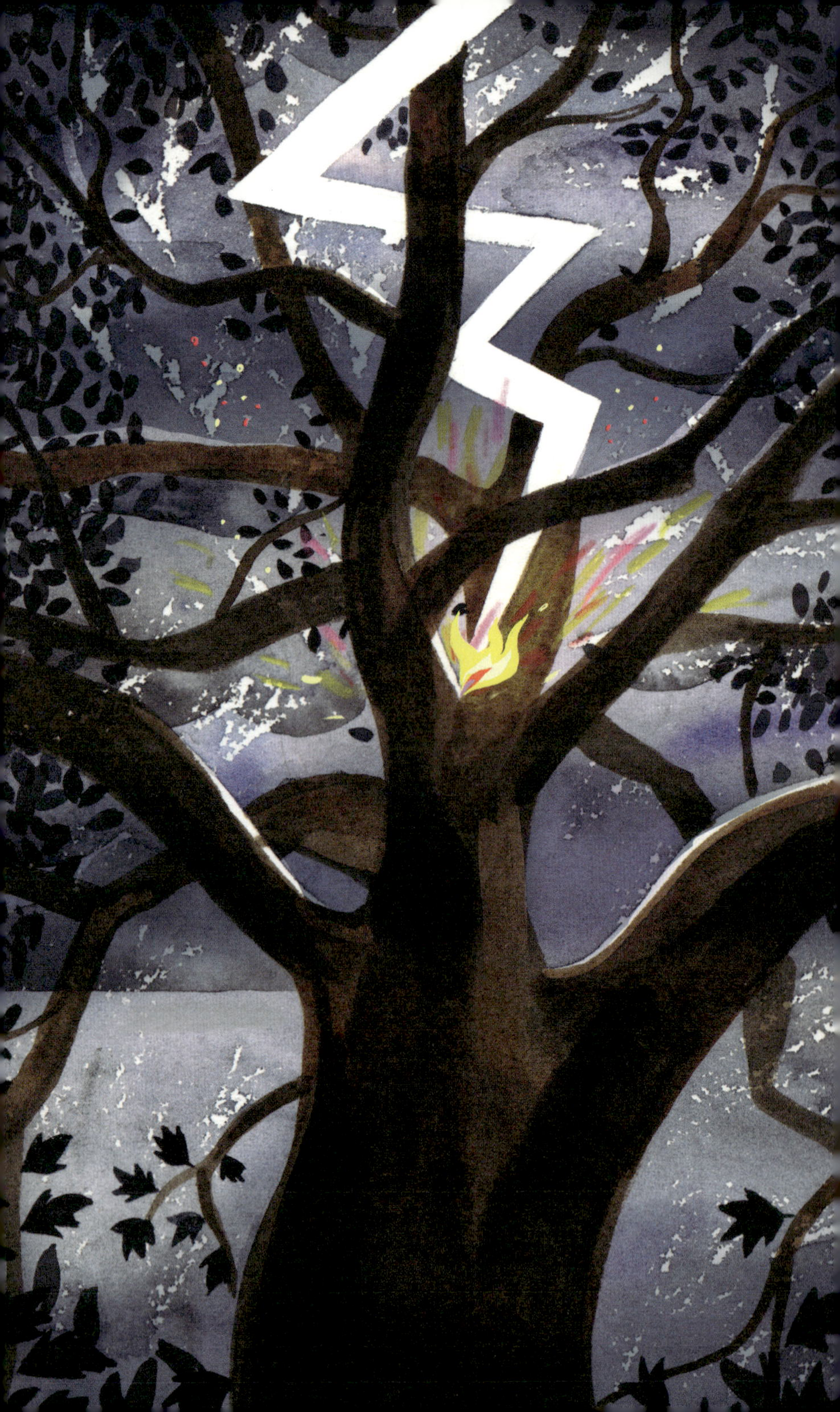

悬铃木

小路指引着奥莉薇穿过一片银桦树林。在正午的阳光下,银桦树闪闪发光,林中空地上,风信子迎风绽放。荒野的气息令人沉醉,可奥莉薇却无心享受。她实在太累了。

她度过了怎样的一天啊!老橡树,猎人,对森林的承诺,巨大的椴树,跌倒在河里……现在她需要休息一下。

又走了一会儿,她停在了一个岔路口。主路延伸进入树林,另一条小路则通向一堵墙上的大门。

她该走哪条路呢?

奥莉薇顺着主路望去,发现远处道路变窄,树林也更加幽深。她又把目光转向大门:门的另一边,

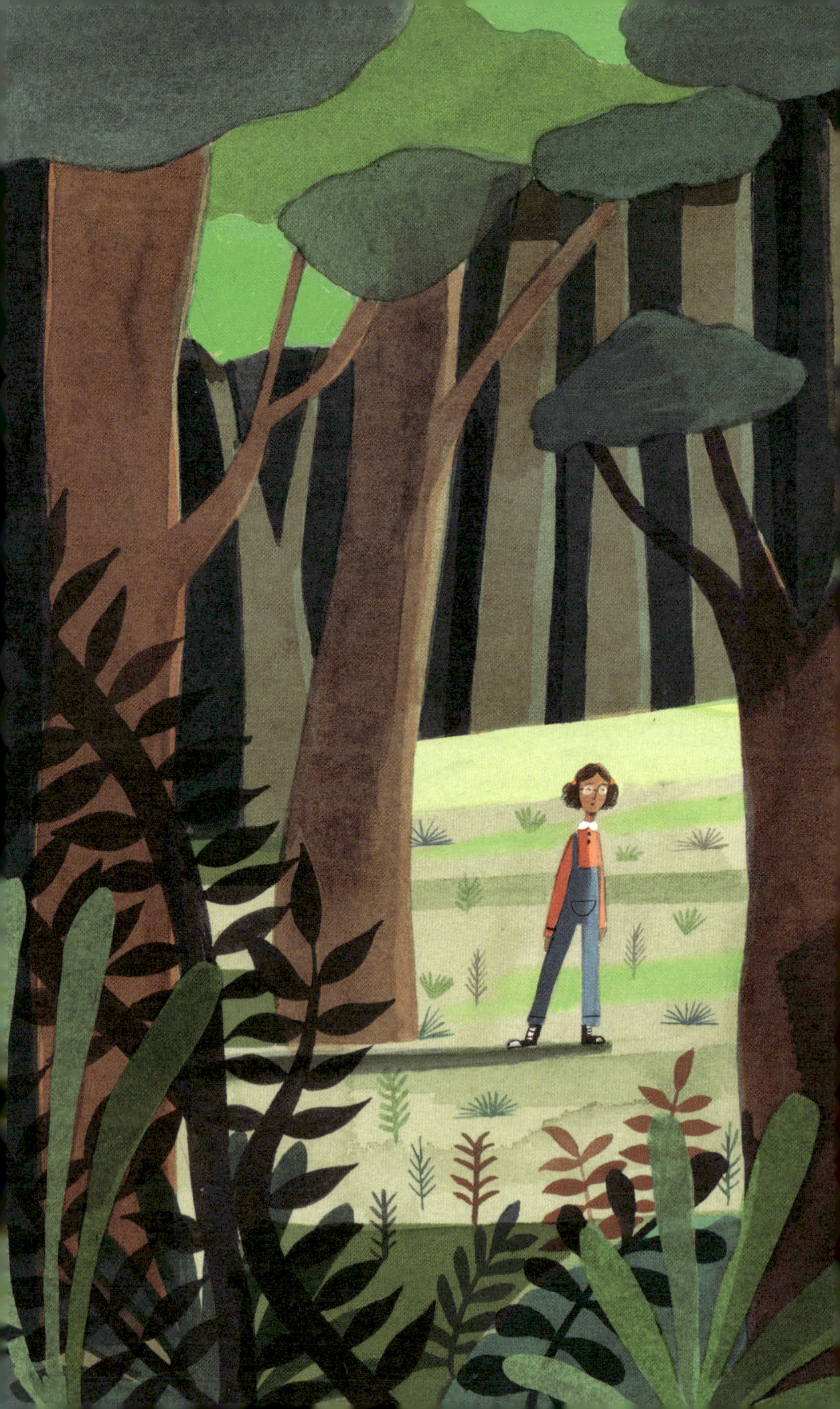

碧绿的草地在阳光下明媚闪亮,不知道什么地方有一只小鸟在叫她。

奥莉薇犹豫不决。她渴望温暖的阳光,但她也爱这片充满野性的森林;她不想离开,可是她又累又冷,身上的衣服还没干……

鸟儿又叫了起来。

奥莉薇穿过了大门。

有那么一会儿,她感到十分困惑。她清楚地知道自己在哪儿——这儿是庄园里一个不起眼儿的角

落,平时无人问津;但是不知为何,今天这里看起来有一种不同寻常的宁静。一条平整的小路穿过开花的灌木丛,延伸到一片圆形的草坪,草坪中央耸立着一棵她以前未曾留意过的悬铃木,斑驳的灰树干上枝条纤细,叶子宽大,枝头挂着一串串圆圆的果球——和她在鞋里发现的那颗一模一样。

它不像橡树、椴树甚至桤木那样与众不同,但是非常吸引人。

"来吧!"树叶发出优雅的沙沙声,似乎在说,

"坐近点儿,歇一会儿吧。"

奥莉薇听话地照做了。她脱下湿漉漉的鞋子,躺了下来——不是躺在阳光里,而是躺在怡人的树荫下,这样她可以得到恰到好处的温暖。透过轻轻摇曳的树枝,奥莉薇凝望着湛蓝的天空,感到自己的疲倦不知不觉消失了。

"该讲第四个故事了。"悬铃木说。

从前,在一个富庶繁华的城市中心,有一座花园。它同时也是一个公园,园中有供游人休憩的长凳、一个带喷泉的池塘,还有一个卖茶水和坚果蜂蜜馅儿糕点的零售亭;公园里还有一个玫瑰园、一个草木园、一座精心修剪的几何园林,还有树——很多树!紫色的蓝花楹、甜美的夹竹桃、墨绿色的柏树和高耸的松树。

还有我们悬铃木。

城市里有成千上万的我们。春天,我们净化肮脏的空气,让空气中弥漫我们的芬芳;夏天,我们把凉爽的树荫铺洒在人行道上。这听起来或许很自负,可是如果没有我们,城市环境就会变得恶劣。人类很少注意到我们——就像建筑和鸽子一样,我们是这座城市普普通通的组成

部分。

除了其中的一棵树。

几十年来,这棵树一直长在公园的中央。和城市里其他的树一样,它高大、优美,却并不引人注目。在它30岁那年的夏天,一道闪电击中了它,把它烧成了枯树桩。在接下来炎热漫长的日子里,公园的园丁们为他们应该如何处理这个树桩争论不休。有人说它很丑,应该尽早移除;也有人想保留它,因为枯木是昆虫栖息的好地方,对鸟类和其他野生动物也很有益处。争论持续了将近半年,然后冬天来了,连着数月雪花纷飞。春回大地时,园丁们终于做出决定:把树桩移走。当伐木工正准备用锯子锯掉那截可怜的枯木时,一个和妈妈一起在旁边驻足观看的小女孩尖叫起来:"妈

树语女孩

妈,妈妈!我看见绿色了!"

伐木工放下锯子,仔细端详。果然,那棵所有人都以为已经枯死的树桩竟然抽出了绿芽。

"真是奇迹。"伐木工说。围拢过来帮忙的园丁们都恭敬地低下了头。

当然啦,这不是什么奇迹。生长对树木来说再简单不过:只要我们的一部分还活着,我们就能找到出路。就这样,又过了很多年,这棵树长大了,但它再也不像从前那样优雅。曾经细长的树干现在又矮又粗,布满了结节。与它粗壮的躯干相比,它

悬铃木

的新枝瘦得有些可笑。不过,随着时光流逝,它的枝叶再度丰盛繁茂,人们爱上了它,称它为希望之树。

所以,难怪说书人会选择它。

没有人确切记得说书人是什么时候来到公园的。第一天,一整天都没有人听她讲。尽管如此,第二天早上她又在那里了。她是一个脸和树皮一样皱的老妇人,满头银发像树叶一样随风拂动。

从来的那天起,她的举动就没有改变过。

公园一开门,她就到树下铺上一条毯子,光脚站在毯子上,脚尖儿互相碰触十二下。然后,她打开篮子盖儿,从里面拿出一只便携水壶和一块蜂蜜蛋糕。她慢条斯理地吃完蛋糕,接着再喝两杯浓咖啡。吃东西时,她不理睬任何想和她说话的人。

早餐是一件严肃的事。

吃完早餐，收拾好水壶和杯子后，她会把手放在树干上，和树说早安。

然后她开始讲故事。首先来的是老人们，他们想听关于青春的故事。说书人于是讲了跳舞、月光和恋爱的故事。她讲的时候，听众感到他们骨子里又涌起新的生命力，就像雷击后焕发新生的树一样。

接着来的是抱着孩子的年轻妈妈们。说书人唱起轻柔的歌，风在树的枝叶间回响，孩子们被逗得咯咯欢笑，筋疲力尽的妈妈们则在旁边休息。

悬铃木

午餐时间到了,坐办公室的职员们来听假期和远方的故事……等到下午孩子们来的时候,要求她讲故事的人就越来越多了。

"给我们讲讲吃香蕉的山羊吧!"他们可能会这样请求。

"给我们讲讲热气球里的蟑螂!"说书人的故事总能让孩子们哄堂大笑。但有一次,其他孩子离开之后,一个小男孩留了下来,他用很微小的声音询问说书人,可不可以讲一个偷别人午餐盒的小霸王的故事。

说书人邀请小男孩一起坐在毯子上，一只小鸟在他们头顶唱歌。她给小男孩讲了一个关于勇气和友谊的故事。听完故事，男孩抱了抱树，迈着轻快的步子回家了。他觉得自己很勇敢。

　　每一天，都有许多人来到这棵充满希望的大树下，听说书人讲故事。说书人从不收钱，但她会接受人们赠予的食物和饮品，并把它们分享给需要的人。有时孩子们还会把自己的画带给她，如果她刚巧童心大发，便会把它们折成小船放到池塘里，再给孩子们讲一个关于沉船和荒岛的故事。

悬铃木

那时,城市由一位公爵夫人统治着。公爵夫人对故事、大树或纸船毫无兴趣,她想要的是让这座城市更强大、更富有。为此,她想发动一场战争。与这座城市相邻的国家物产丰饶,森林中有她可以砍伐来建造房屋的树木,山上有她可以掠夺的钻石矿藏。甚至有人说,那儿的河里流的都是金子。

公爵夫人的计划是强迫城里所有年轻人服兵役。有了这些新兵,再加上现有的军队,她就有十足的把握入侵邻国。她觉得这场战争会速战速决,赢得易如反掌!

那个春天,当老人和孩子们聚在希望树下听故事的时候,新兵们每天都在公爵夫人宫殿的阅兵场上操练。城市的街道上

树语女孩

回响着军靴声,战争迫在眉睫。一些人认为,战争会让他们变得更富有。但更多的人则只感到恐惧,他们知道,战争只会让少数人受益,对大多数人来说,战争只意味着艰难和悲伤。在酒馆里,在家中和公园里,市民们对公爵夫人怨声载道。

他们说她不是一个好的统治者。

他们说她应该被一个不会挑起战争的人取而代之。

悬铃木

这些话传到公爵夫人耳朵里,她勃然大怒。一些年轻的大臣——那些认为战争会让他们更富有的人——怂恿她逮捕所有反对她的市民。而一位年长睿智的大臣提出了另一种建议。

"您必须让人民爱戴您。"他说。

"怎么做呢?"公爵夫人问。

"您必须到市中心的公园去,让希望树下的说书人讲一个关于您的故事——一个伟大的故事,告诉人们战争一旦胜利,这座城市将会变得多么富庶美丽。"

公爵夫人半信半疑——我说过,她对故事和树不感兴趣。但

那位老大臣非常坚持，于是公爵夫人派他去公园，让说书人把故事给她写下来。

"怎么样？"老大臣回来后，她问道。

"说书人拒绝了，"大臣回答道，"她说她不写故事，她只讲故事。而且她不喜欢战争。"

"真是荒谬！"公爵夫人说。她再次命令这位老大臣去让说书人把故事写下来，还派了六个高高的卫兵一同前往——他们手里拿着锋利的长矛和剑，公爵夫人想要以此威慑说书人。这一次，老大臣一大早就到了。他恭恭敬敬地等着说书人做完

悬铃木

早晨的拉伸,倒上咖啡,慢慢吃完她的蜂蜜蛋糕。可是,当他提出请求时,说书人再一次拒绝了。

"她说,如果您想听她讲故事,就必须亲自到公园去,亲自坐在希望树下听。"老大臣对公爵夫人说。

"荒谬之极!"公爵夫人叫道,"我!到一个公园!在一棵树下!这算什么?!"

"恐怕她坚持这样做。"老大臣说。

最后,公爵夫人还是去了。她身披丝绸长袍,脚上穿着天鹅绒拖鞋,乘着一辆四匹马拉的镀金马车来到公园,身后还跟着身穿黑色、红色和金色制服的卫兵。有那么一会儿,她感到很不安。一切都出乎

她的意料。公爵夫人原以为说书人相貌俊美、严肃高贵、常常沉思，可实际上她只是一个体态微胖、满头银发的老太太，身边簇拥着一大群孩子。他们都在听她讲一个关于老鼠、厨师和覆盆子果酱的故事，时不时发出哈哈大笑。

孩子们看到公爵夫人和她的侍卫，全都不笑了，用目光询问说书人他们是否应该离开。但她示意他们留下来。

"陛下，"她向公爵夫人低头致敬，轻声道，"什么风把您吹来了？"

公爵夫人怒火中烧，说书人明明知道她为什么来。不过，她的大臣曾建议她要耐心一点儿。"我想听故事，"她说，"一个伟大的故事，赞美我们城市的未来，赞美它的富有。"

说书人说："抱歉，我不讲这样的故事。"

"我会付钱给你，"公爵夫人劝诱道，"出个价吧。你想要黄金、钻石和珠宝吗？"

"我要这些有什么用？"说书人微笑着问。

悬铃木

"如果你不听我的,"公爵夫人咆哮起来,"我就把你扔进监狱!"

孩子们胆怯地看着说书人。她曾经给他们讲过监狱的故事。那是一个可怕的地方,墙上糊着烂泥,老鼠会趁人睡着的时候啃他们的脚趾。不能让她进监狱!但他们也知道,她是反对战争的——她肯定不会编一个鼓吹战争的故事吧?

说书人沉默了一会儿,皱着眉头思索着。最

后，她抬起脸，点点头。

"好吧。"她说，"你会得到你的故事，它将赞颂城市未来的富有。"

一些孩子感到很失望，他们认为说书人应该坚持反抗；另一些孩子则松了口气，因为他们不想让她进监狱。所有人都挤在草地上等待故事开始，脑海里面浮现不同的画面：有人看到了士兵和军乐队；有人看到了战斗和流血；那个听了小霸王和午餐盒故事的男孩想知道，如果卫兵要把说书人带走的话，自己是否有足够的勇气保护她；公爵夫人想知道，等战争胜利后，她是否可以下令在公园为自己立一座雕像；而她的侍卫们想的主要是啤酒。

说书人盘腿坐在毯子上，闭上了眼睛。

人们等待着。

等待着。

他们一直等啊等啊，最后孩子们厌烦了，一个接一个，三三两两地溜到池塘边去了。卫兵们都睡着了。只有公爵夫人还醒着，在希望树的树荫下等着听故事。

说书人没有说话。

公爵夫人想摇一摇这个平静地坐在她面前的倔强老妇人。但她从眼角的余光里瞥见，旁边一个抓着午餐盒的男孩正瞪着她。她觉得这么做对自己很不利，于是放弃了这个念头。公爵夫人嘟囔着，抱怨着，头枕着胳膊躺下来，抬头看着那棵曾被闪电击中的树——希望树——的树枝。

她已经很久没有躺在花园的草地上仰望

一棵树了！透过悬铃木纤长的枝干，她看到天空清澈碧蓝——这是即将到来的夏日的色彩。

春风和煦，空气中飘来一阵清香——那是花香、温暖的泥土气息和茶摊上糕点的香味混在一起的味道。公爵夫人忽然想起了小时候祖母常给她买的蛋糕——有榛子和杏仁的味道，涂了蜂蜜，带着酥脆的黄油酥皮。迷迷糊糊中，她想让那个孩子去给她买一些来，却发现他现在也躺在地上盯着那棵树。他在看什么？公爵夫人顺着男孩的视线望去，在树叶中发现了一只黑色的小鸟。她的心怦怦直跳——一只乌鸫！

她上次听见乌鸫叫是什么时候？

她焦急地看着它，希望它能开口唱歌。它真的唱了起来，她闭上眼睛聆听。

那是一首情歌，公爵夫人想起来了。这只乌鸫唱歌是为了吸引一个伴侣，和它一起筑巢组建家庭。

最后，鸟儿不唱了。公爵夫人睁开眼睛，看到那棵老树的树皮斑斑驳驳，枝头挂着一簇簇果实。有一天这些果实会结出种子，幸运的话，一些种子会长成树木。在希望树的另一边，是一棵柠檬绿的枫树，到了秋天就会变得一片火红；还有一丛丛花蕾密集的三角梅，正要绽放成一团淡粉色的云朵。草坪上，鸭妈妈带着小鸭子列

队而过。公爵夫人听到池塘边传来孩子们的喊叫声和欢笑声。

公爵夫人叹了口气——不是悲伤的叹息,而是那天下午公园里许多快乐声音中的另一种。说书人睁开了眼睛。

"你很喜欢你的故事。"她说。

"我的故事吗?"公爵夫人迷惑不解。

"你要的是一个关于这座城市未来财富的故事。"

"我……"有那么一会儿,公爵夫人感到十分困惑,接着她明白了。孩子、小鸭子、花蕾、种子——所有这些都是未来的希望。她明白了,没必要为了让城市变得富有而去打仗,这座城市已经足够富有了。

"你骗了我,"她对说书人说,"我应该把你扔进监狱。"

"这不是欺骗,"说书人说,

悬铃木

"我教会了你如何聆听。"

说完,她恭敬地鞠了一躬,到池塘边去找孩子们了。

有那么短暂的几秒钟里,公爵夫人曾考虑加入他们。不过,在池塘上放小纸船可不是公爵夫人该干的事,不管她心里有多想。不过,她还是做了一件让自己开心的事:上马车前,她派侍卫去小卖部给她买了一个蜂蜜蛋糕。

最后,这座城市没有陷入战争。

"就因为公爵夫人坐到了一棵树下面?"奥莉薇深为叹服。

"因为那棵树给了她智慧,"悬铃木说,"因为她学会了关心。她意识到了自己已经拥有的东西的价值,意识到为了追求不必要的财富而杀掉很多人——同时也会砍掉很多树——是多么疯狂的行为。她学会了珍惜自己拥有的东西。"

奥莉薇想了想。

"就像我珍惜我的橡树一样,"她说,"但我父亲就像公爵夫人。"

"许多人都像公爵夫人。"悬铃木说。

"我还有一个问题。"奥莉薇说,"当你说起城市里的树木时,听上去好像你就在那里一样。是这样吗?我真不明白你是怎

么做到的。"

"可能,"悬铃木说,"那棵树结了种子,种子长成了树,树又结了种子,后来就成了我,我就是这样知道这个故事的。不管怎么样,我们都是连在一起的。"

"就像美人鱼和海藻,"奥莉薇说,"还有大橡树和小橡树。"

钟楼上的钟第四次敲响,悬铃木没有再说话,它的树叶在微风中轻轻起伏。奥莉薇站起来伸了个懒腰,感觉神清气爽。她拿起她的鞋子,发现它们已经干了。

悬铃木让她恢复了精神。

草地上一片淡淡的粉色引起了奥莉薇的注意。她走过去,把它捡了起来。

那是一朵苹果花。奥莉薇笑了笑,朝苹果园走去。

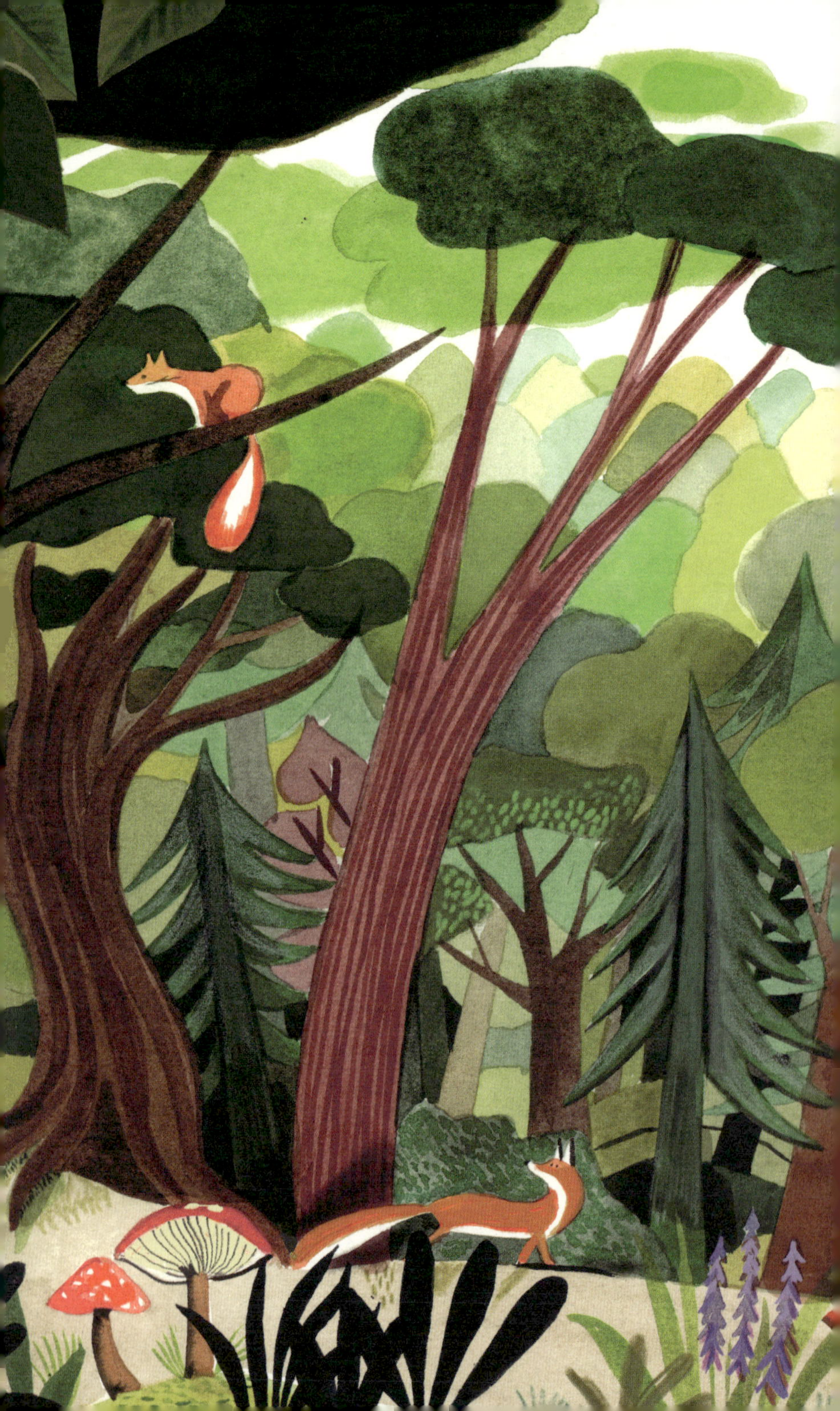

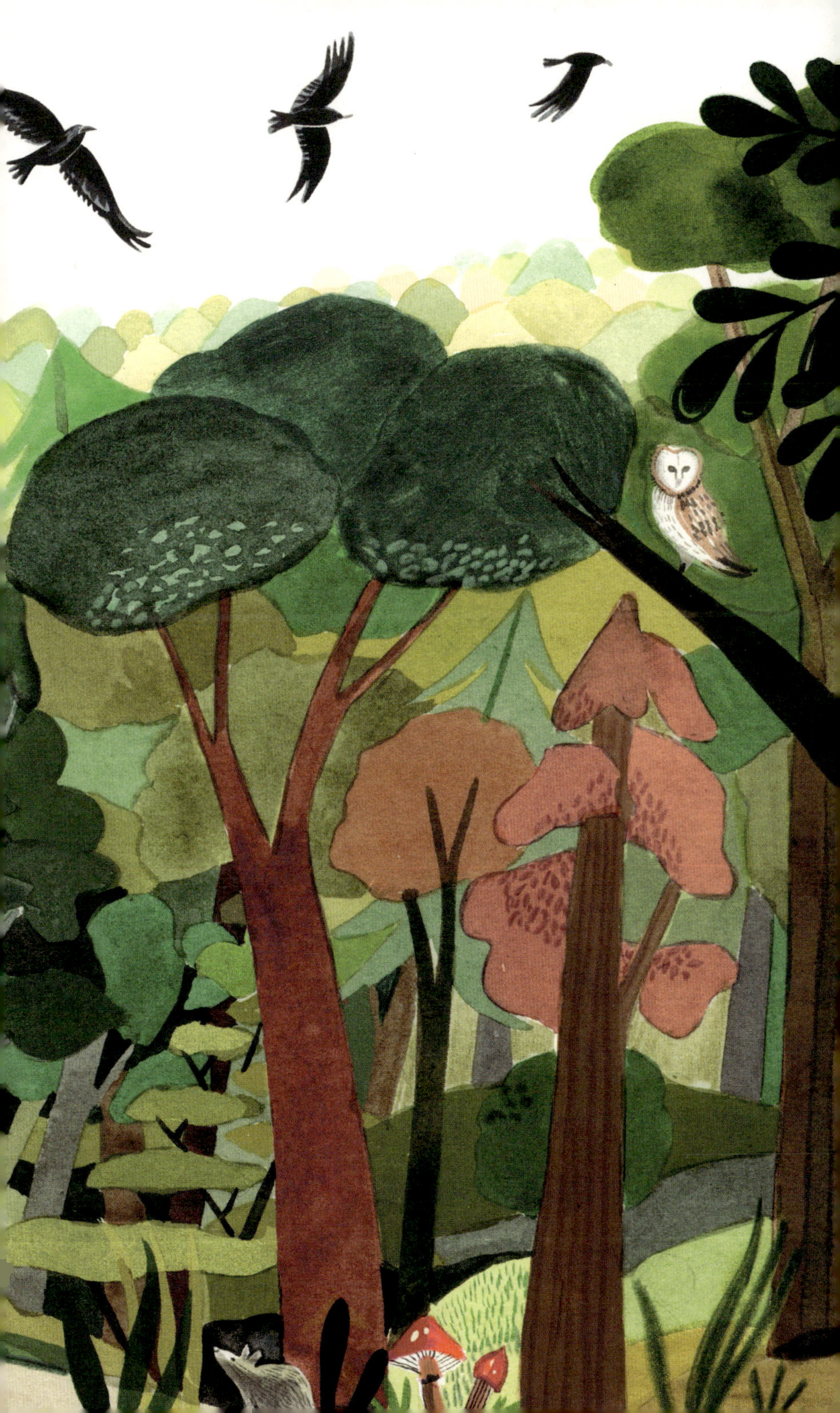

哈萨克斯坦东部山林里的野生苹果树，是我们今天吃的所有苹果的祖先。

野生苹果树有 30~55 种。

它们能长到 5~12 米高，

能活 80~100 岁。

全世界有超过 7500 种可食用的苹果，但并不是所有的都在商店里出售！

野苹果树
（蔷薇科）

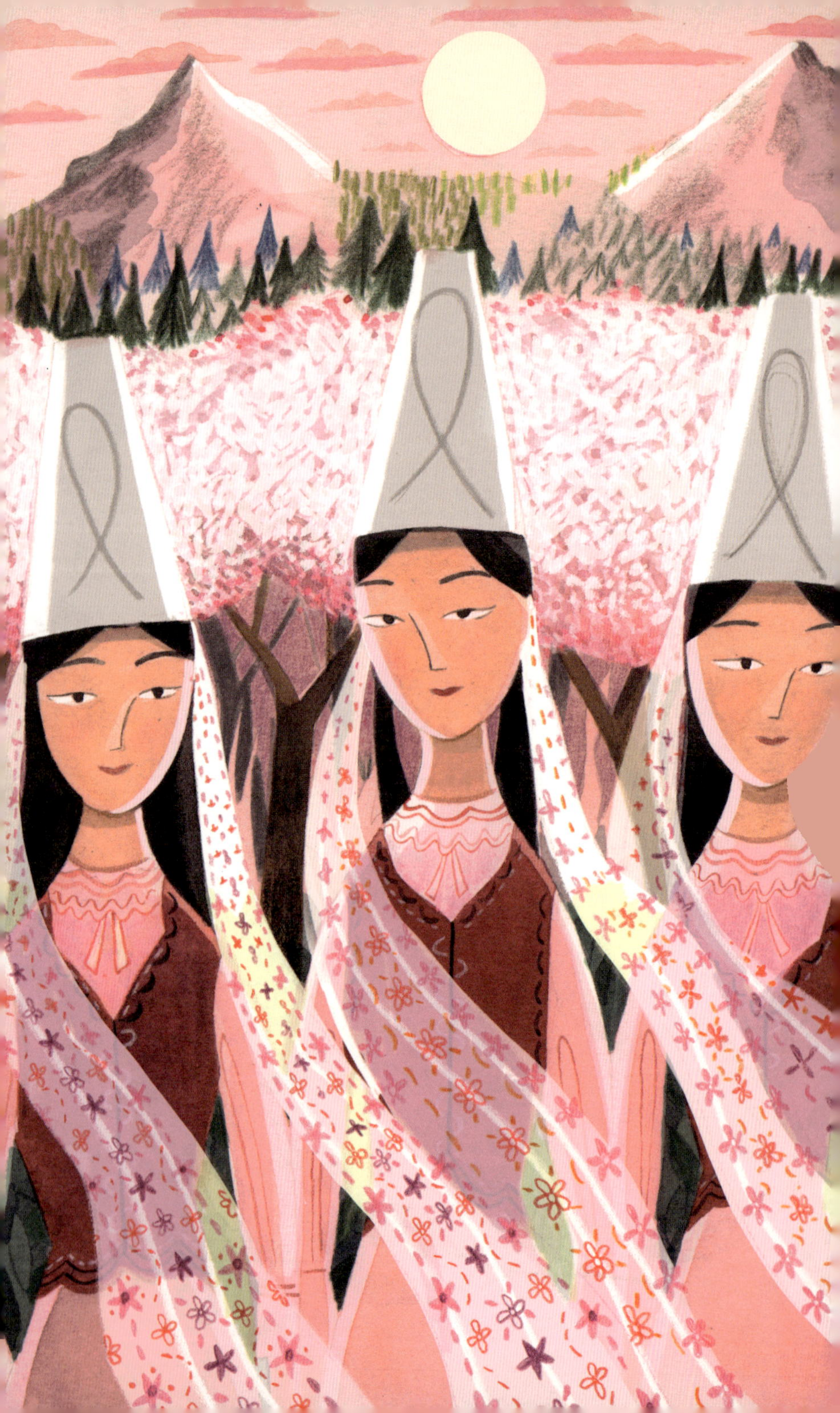

野苹果树

为了防止小偷和动物进入，苹果园被围在一道高墙里。园中有 13 棵不同种类的苹果树，名字都很特别，比如"弹兵""北方间谍"或是"蛋白石"。这些苹果可以直接食用，可以用于烹调，可以榨果汁，也可以做果冻。还有一些苹果，园丁说它们对人没有什么用，附近的蜜蜂却很喜欢。高墙里面就像另一个世界。奥莉薇更小的时候——在她发现她的橡树之前，这里是她最喜欢的阅读角和游乐园。秋天树枝上果实累累，她想象它们是价值连城的珠宝；春天繁花盛开，她把这里称为仙境。

奥莉薇走向苹果园。在看到苹果树之前，她就已经闻到了它们的味道。苹果花的芬芳随风飘过高墙,让人想起苹果派、野餐和秋天的篝火。奥莉薇心情愉悦地呼吸着空气,打开了果园大门。

迎面而来的是一片花团锦簇,从深粉到接近绿色的翠白,美不胜收。

她仔细倾听,在微风和鸟鸣声中,她听到蜜蜂正嗡嗡振翅。

奥莉薇笑了。

仙境。

接着,有声音传来。不过显然不像是仙女的声音。

"有人来了!我听到脚步声了!是谁啊?我好紧张,我的花可能会掉!"

"是那个人类小孩!

野苹果树

我们有一阵子没看见她了。"

"我希望她不要爬我们。她比以前长大了。"

"她穿着很奇怪的衣服。"

"像裙子,不过是裤子。"又一个声音说,"她的头发是怎么回事?"

要说点儿什么吗?奥莉薇想起,奶奶有朋友来访时,经常会让她帮忙倒茶。老太太们总是大声地谈论她,就像她根本不在场一样。奥莉薇想让她们别说了,但一直不敢。

不过这次很不一样,不是吗?

奥莉薇清了清嗓子,鼓起勇气。

"你们知道我能听见你们说话吧?"

刹那间,苹果园变得鸦雀无声。几朵花从一棵慌张的"粉红女士"身上飘落下来。

"我只是觉得你们应该知道。"奥莉薇说。

沉默依旧。她现在该说点儿什么呢?

"请告诉我,你们是怎么变得这么美的?"

整座果园的花儿都颤动起来,苹果树们开始喊喊喳喳。

"一个可爱的人类小孩!"

"一棵好苗子!"

"我真喜欢她的头发。"

"苹果树们,请安静!"这个新声音比其他话音都低沉沙哑,来自一棵古老的埃格勒蒙特苹果树——它的树干上布满华丽的节瘤,繁花压满枝头,"这个小人儿问了一个问题。作为这个果园里最古老的树——始祖树,因为你们大多还是小树苗的时候我就在这里了——就由我来回答她。"

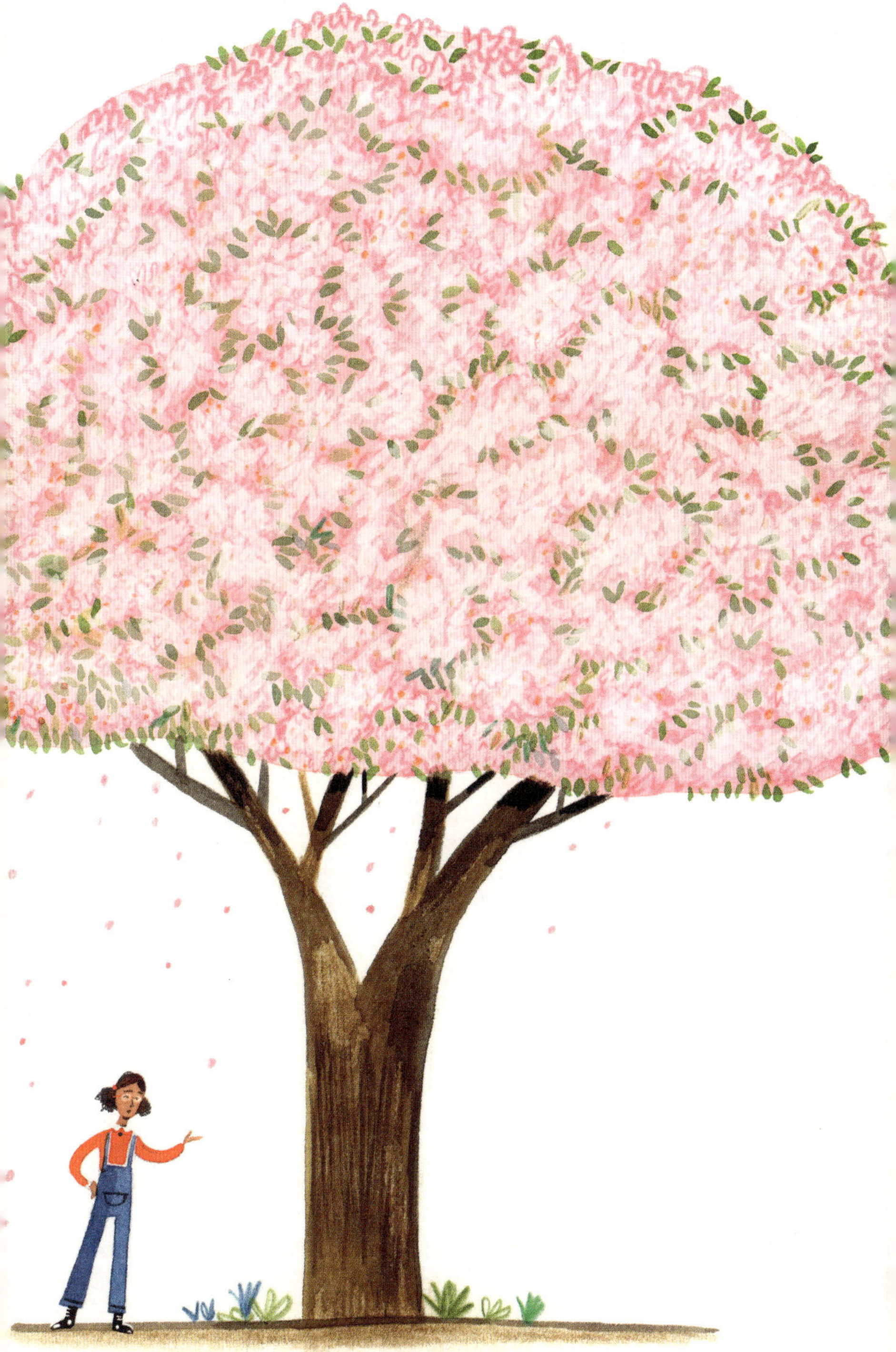

奥莉薇放松地笑了。她找了个舒服的地方，在树荫下长满苔藓的草丛间坐了下来。埃格勒蒙特开始讲它的故事。

从前有三姐妹，先后出生在三个春天：老大叫阿柳，老二叫阿楸，老三叫阿榛。在离这儿很远的高山上有一个小村庄，村里有一座古老的石头房子，她们就住在那里。那儿的夏天炎热又晴朗，冬天大雪封山，村子会有好几个月与世隔绝。

早年间，三姐妹生活得很幸福。她们的父母是商人，尽管并不富有，但家里什么也不缺。最重要的是，父母很爱她们。父亲教女儿们骑马，母亲则

教她们认识草地上各种花的名字，比如兰花、风铃草和羽扇豆。

但在一个冬天——那时候女孩们还很小——父母都生了病，去世了。

"你们要永远互相照顾。"临终前，母亲嘱咐女儿们。

父母去世后，女孩们的叔叔和婶婶赶来照顾她们，并接管了家里的生意。

现在，三姐妹的生活算不上坏。尽管叔叔和婶婶并不爱她们，不过，她们也没有像童话故事中不被爱的孩子那样挨饿受冻。她们在房子顶层拥有一个大房间，房间里有舒适的床和温暖的毯子。她们

穿着好衣服去学校,有自己的朋友。最棒的是,她们有父亲送给她们的健壮的山地小马。每天放学匆匆做完各种杂事后,她们都会一起骑马上山。

有时候,特别是在晚上,她们会聊起父母——像是父亲如何把她们三姐妹一起搂到怀里,或是母亲在照料花园时唱的歌。只要拥有自由、彼此相依,她们就会很快乐。

不过,她们的叔叔另有打算。

叔叔最大的愿望就是发财。他在大山外面,甚至是女孩们从未见过的大海之外的远方做生意。但这对他来说还不够。

他决定,等老三阿榛长大后,就把三姐妹嫁给

野苹果树

和他做生意最多的人的儿子们,这样一来,他们的财富就也属于他了。那时三姐妹将被分开,远隔重洋和大陆。但她们的叔叔一点儿也不在乎。

直到阿榛16岁生日那天,姐妹们才知道叔叔的计划。阿柳和阿楸本打算和妹妹一起度过美好的一天。她们计划骑马登上一块高高的岩石,那里有一对老鹰正在筑巢。如果有足够的细心和耐心,她们也许能看到小鹰。之后她们会去野餐。可是,正当她们准备从马厩里牵出小马时,婶婶大步流星地走了进来,把她们赶回了房间。

"今天可是阿榛的生日!"阿楸抗议道。

"没时间了!"婶婶厉声说,"我们必须马上准备好。"

树语女孩

阿榛一直期盼着自己的生日,她的脸涨得通红,快要哭出来了。

阿柳搂着阿榛的肩膀问婶婶:"准备什么?"

婶婶解释了丈夫的计划。

"你们的叔叔从镇上订了最上等的布料给你们做嫁衣,"她毫不理会三姐妹困惑的表情,径直说,"等嫁衣准备好了,我们就到山谷里的城市去。你们三个要在那里完成婚礼,然后分开,各自上路。"

三姐妹吓坏了。她们跟着婶婶走进餐厅,看到桌上摆着叔叔挑选的大匹锦缎,那正是给她们做嫁衣用的。

"叔叔希望你们在婚礼上打扮得漂漂亮亮,这不是很好吗?"

说得好像漂亮裙子能弥补三姐妹的痛苦似的!

阿榛哭起来,接着是阿楸。但是阿柳没有哭。等到婶婶走后,她放下剪刀,把两个妹妹拉到身边。

野苹果树

"别哭,听我说!"她说,"嫁衣如果准备好了,我们就得结婚。现在我们要做的就是非常非常慢地工作,直到夏天过去,开始下雪,村庄与世隔绝。那时我们的未婚夫就会离开,我们就能待在一起了。"

阿楸抽着鼻子问:"如果他们春天又回来了,怎么办?"

"你有更好的计划吗?"阿柳问。

阿楸只好承认她没有。

"我们不能逃走吗?"阿榛努力不让自己的声

音颤抖,"那样是不是更好?"

"他们会把我们抓回来的。"阿柳说。

就这样,妹妹们只好同意了阿柳的计划。

在接下来的两个星期里,三姐妹尽可能慢地干活儿。温暖晴朗的天气对她们很有利——婶婶每天都在花园里忙碌,顾不上监督她们的工作。

但是第三周,天开始下雨。婶婶进屋坐到了侄女们旁边,发现她们的针线在布料上慢吞吞地"爬行",而平时她们干起活儿来可是飞针走线。

"谁都能看出来你们不想结婚。"婶婶说。

"哦,不是这样的,婶婶!"阿榛一脸无辜地说,"我们只是格外仔细,好让嫁衣尽善尽美罢了。"

"好吧。"婶婶说,"就算是这样,从现在起,我也要留下来看着你们干活儿。"

"等婶婶回去睡觉,我就去把线拆掉!"姐妹们回到卧室时,阿柳说。

于是,连着一个星期,每当晚上家里安静下来后,阿柳便蹑手蹑脚地走到楼下

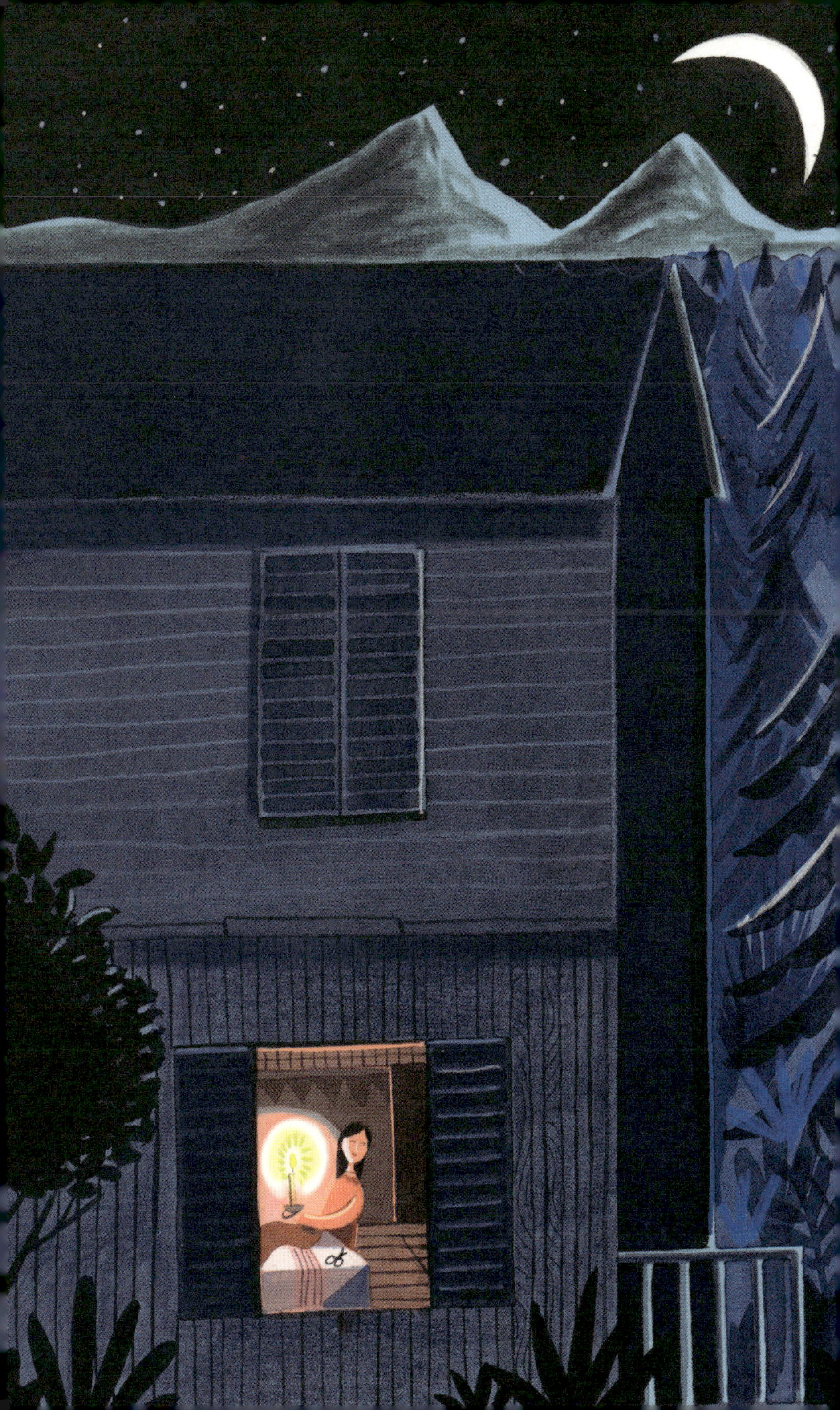

的餐厅，把白天缝好的针线再拆开。

但是后来，她们的婶婶还是发现了。一天的工作结束后，她把嫁衣锁进自己房间的衣柜，再把钥匙揣在贴身口袋里。

阿柳无计可施了。

"我们逃走吧。"当天晚上，三姐妹躺在床上，阿楸提议。

"他们肯定会把我们抓回来的。"阿榛说。

到了仲春时节，嫁衣都做好了。现在唯一还没完成的，就只有姐妹们见新郎时盖在头上的面纱。她们的叔叔又买来闪闪发光的丝绸和金色的缎带。丝绸就像蛛网般轻柔、冬雪般洁白。三姐妹尽可能慢地给面纱绣上母亲最喜欢的花朵——兰花、风铃草和羽扇豆。埋头绣花的时候，她们感到母亲好像就坐在身边。她们想起多年前对母亲许下的承诺：彼此要永远相互照顾。

"我们会再见面的。"她们说。

"不管以后身在何处，我们都会再找到彼此。"

她们哭得太厉害，手指被缝衣针扎破了，鲜血滴落在面纱上。

最后——实在太快了——面纱准备好了。

举行婚礼的城市要骑三天的马才能到达。他们出发了。姐妹们骑着小马；叔叔、婶婶和一个马夫骑着高头大马；一个仆人骑着一头骡子，还牵着两头驮行李的骡子。姐妹们翻山越岭，离开了她们唯一的家。她们走过野花盛放的草地和波光粼粼的湖泊。她们穿过夏牧场，看到牛在低头吃草，脖子上还挂着铃铛。最后，她们经过老鹰筑巢的那块岩石，来到通往外面的山隘口。

这是她们所知道的世界的边界。

没有回头路了。

女孩们骑着马,一个接一个地穿过险恶的花岗岩隘口,来到了山的另一边。

"天啊!"阿柳喘着气说。她是第一个走出来的。

"天啊!"阿楸和阿榛接着附和道。

她们眼前是绵延的山脉和山谷,远处是起伏的山丘和平整的田野——一座闪闪发光的城市坐落其上,更远的地方是蔚蓝的大海。

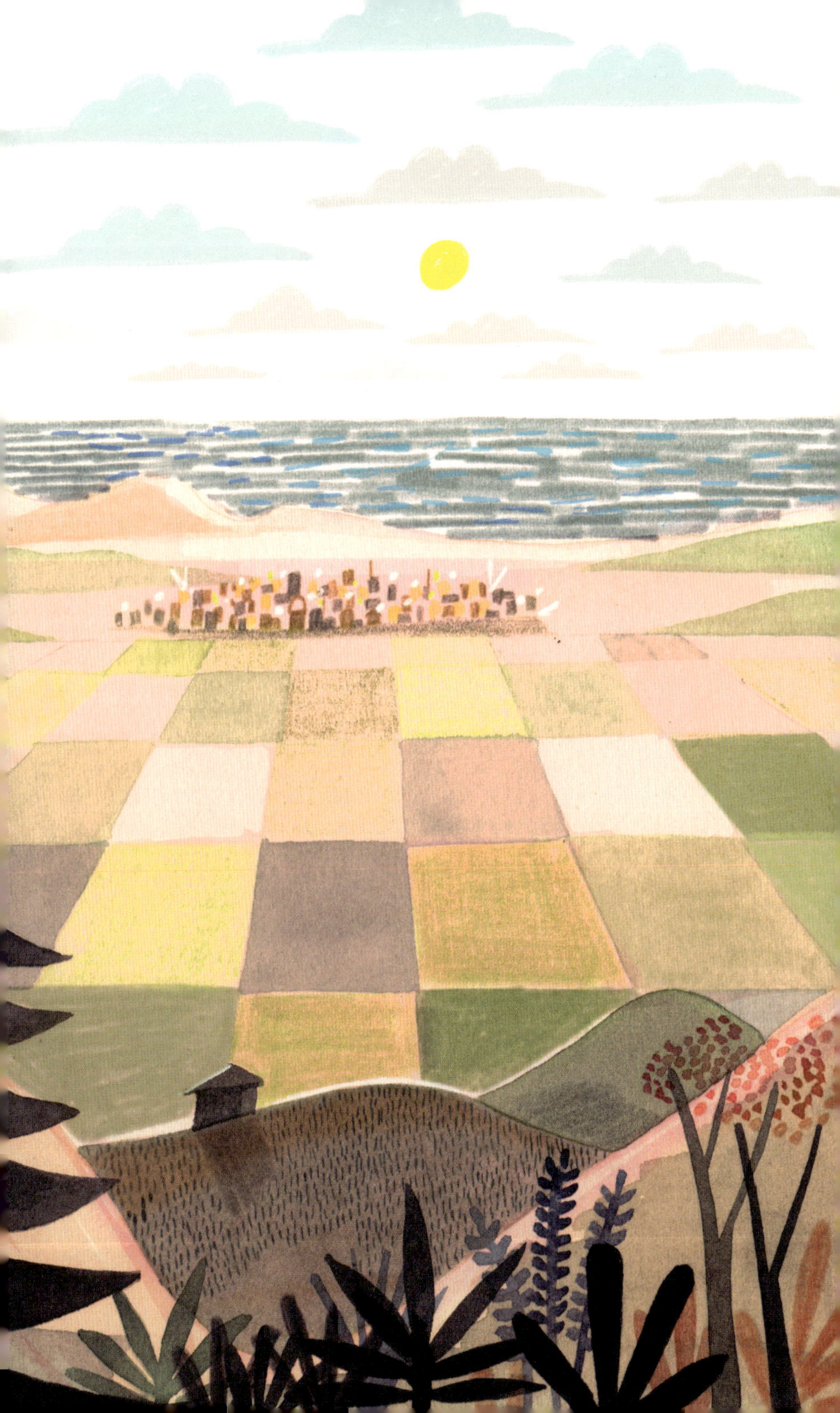

"我没想到，"阿楸说，"世界竟然这么大。"

对于所看到的一切，她们没有再多说什么。

那天晚上，她们躺在森林边的帐篷里，阿榛伸手去拉姐姐们的手。她知道她们的心思是一样的。

第二天下午晚些时候，她们进入了山谷。

山谷宽阔平缓，有一条河和一条路从中间穿过，河两岸是肥沃的牧场，山坡上长着野苹果树——请记住这一点。这很重要。

第三天，她们又骑了一天的马。下午，叔叔示意大家在一条小溪旁停下来。女孩们下了马。她们用一张床单挡着，换下骑马的衣服，沐浴，然后互相编好了辫子。终于再也无法拖延了。她们互相帮忙穿好了衣服：穿上华丽的织锦长袍，戴上血迹斑斑、绣着花朵的面纱，扎上金色的缎带。

"准备好了吗？"阿柳问。

"准备好了。"阿楸和阿榛低声说。

她们放下面纱。

野苹果树

三姐妹回到等候着的叔叔婶婶身边。仆人把号角举到嘴边。

三声短促的号声响起。

"我们在这儿!"号声似乎在宣告,"新娘来了!"

从山谷另一头远远地传来三声应答的小号。

"我们在这儿!"小号回应道,"新郎们在等着呢!"

然后,那一端响起了音乐声。

更多的小号声、笛子声、长而清晰的圆号声传来。

阿榛掀起面纱,她看到飘扬的旗帜和骑马的人们。婶婶对她皱起了眉头。她放下了面纱。

"他们来接我们了。"她说。

阿柳伸手拉住妹妹们的手,紧紧地握了一下。

阿楸和阿榛也握了一下姐姐的手。

"大家都回到马上!"她们的叔叔命令道,"现在我们骑马去迎他们。"

三姐妹的心都提到了嗓子眼儿。她们爬上自己的小马。阿榛的手在颤抖,阿楸的腿在颤抖,而阿柳坐得笔直,异常平静。她等待着,确信所有人的注意力都集中在即将到来的人身上……然后她点了点头。

霎时间,三姐妹一齐抓紧缰绳,踢着各自的小马飞奔起来。她们以最快的速度,径直奔向山坡上的苹果树林。她们的嫁衣迎风飞舞,面纱从脸上扬了起来。

阿榛回头看了一眼。叔叔和马夫已经在她们身

野苹果树

后了,他们骑着更高大的马疾驰而来。

"他们追上来了!"她喊道。

"骑快点儿!"阿楸喊道。

但阿榛的小马是三匹之中最小的,而且这已经是它最快的速度了。她听到了逼近的马蹄声,听到了叔叔近在咫尺的喊叫……

阿榛发出愤怒的、反抗的吼声,她从头上一把扯下面纱,抛向身后。

此时,难以置信的事情发生了。

面纱被微风吹起,在空中飘了起来。它像鸟又像帆一样飘浮着,慢慢变得越来越宽,宽到不可思议,最后像雾一样覆盖了整座山谷。阿榛喊姐姐们快看。阿楸和阿柳见状也扯下自己的面纱,它们也越变越大,覆盖了山谷。薄雾变成了浓雾。她们的叔叔迷路了,嘴里咒骂个不停。

野苹果树

三姐妹站在山顶清澈的空气中,惊奇地远望了一会儿,然后飞奔而去。

据我所知,她们现在还在这个广阔的世界上纵马驰骋。

她们的叔叔、婶婶、马夫、仆人、前来搜寻的队伍,以及几个当地人,在这片大雾中被困了整整两天两夜。

当第三天太阳升起时,他们看到姐妹们绣在面纱上纪念

母亲的那些花朵幻化成数不清的可爱小花，落在了树枝上——有些是纯白色的，而那些沾着三姐妹鲜血的，则是深浅不一的粉色；在每朵花的花心，蜜蜂采集着金色的花粉，那正是新娘头上金丝带的颜色。

这真是一个奇迹。最不可思议的是，这个奇迹每年都会发生一次。苹果花开满了山坡，引得人们从四面八方赶来观赏。

人类女孩，这就是我们如此美丽的原因。

一朵朵苹果花飘过果园，苹果树们发出心满意足的叹息。

钟楼上的钟第五次敲响了。

奥莉薇在树下徘徊，想着繁花盛开的苹果树笼罩了山野，想着绣着承诺与爱的婚礼面纱，还有姐妹们在广阔的世界中驰骋的身影。然后她抬头看了看头顶的花朵，蜜蜂们正嗡嗡作响，穿梭其间，忙着自己的事情——她觉得这本身也是一种奇迹。

起风了。

一片树叶从草坪的方向飞来，旋转着越过果园的围墙。奥莉薇抓住了它。她不太确定那是什么，但还是把它和"粉红女士"落下的花一起别在了衣扣上。然后她离开苹果园，去寻找下一棵树。

鹅掌楸是北美生长最快的树木之一，但它们要在种下 15 年后才会开花。

鹅掌楸只有两种。

它们能长到 60 米高，

寿命可达 300 年。

鹅掌楸的木材也被称为独木舟木，因为它们粗大的树干是制作独木舟的上佳原料。

鹅掌楸
（木兰科）

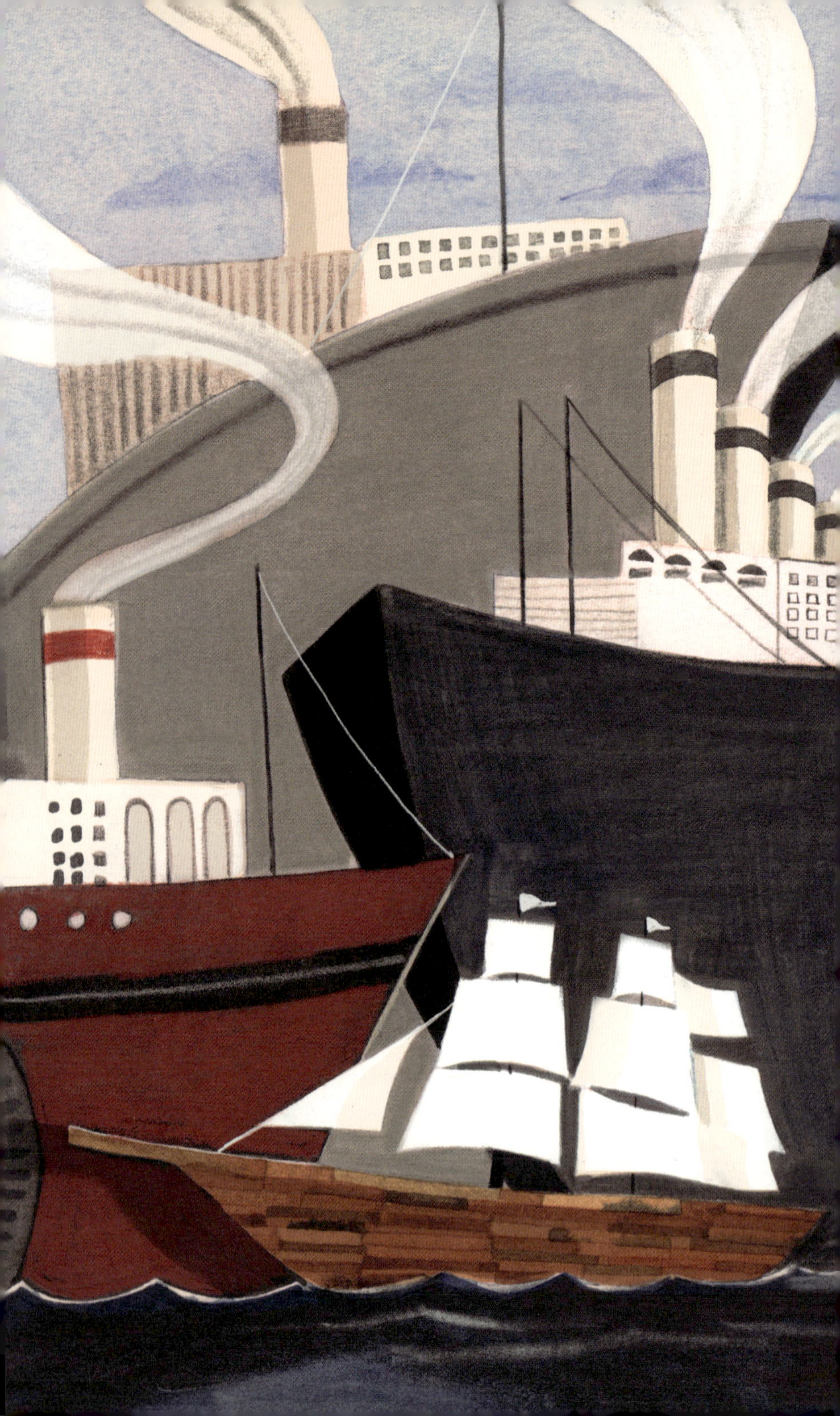

鹅掌楸

奥莉薇感到很困惑。

草坪北端矗立着的房子,看上去和今天早上她离开时一模一样。在她站着的草坪南端附近,一棵高大的榆树下放着她母亲最喜欢的日光浴躺椅,一本打开的书朝下扣在躺椅上。奥莉薇认出了书的封面,那是母亲的朋友昨天送给她的礼物。

她一定是回到自己世界的时间中了。但还有两棵树要找……而且,大家都上哪儿去了?

"在这儿,也不在这儿。"一个声音传来,"不同的时间同时存在。人类和树。"

奥莉薇凝视着那棵榆树。"是因为你活得更长吗？"她问。

"在上流社会的圈子里，"那个声音说道，"看着对方打招呼才算有礼貌。"

奥莉薇飞快地抽出她别在扣眼儿里的树叶，仔细看了看。绝对不是榆树叶。那么，是什么呢？她朝着一棵小的观赏枫树走去。

一声悠长的叹息传来。

奥莉薇抬头看见一棵高大的紫红色山毛榉。

"快对了。"那声音肯定道，"我是说，错了。但在大小和华丽程度上快对了。"

"哦，我知道你是谁了！"奥莉薇叫道，"你应该直接说你光彩夺目。"

她跑向那棵著名的鹅掌楸。

人人都喜欢这棵鹅掌楸，包括奥莉薇的父亲。在一年的大部分时间里，它只是安静优雅地待着，灰色树干平坦光滑，树叶在微风中发出令人愉悦的沙沙声。但是当

鹅掌楸

它开花的时候——啊！当它开花的时候，它的花朵就像庞大的睡莲和巨大而明艳的奶油色、金色郁金香的混合体。奥莉薇的母亲还为此举办过派对，邀请朋友们来欣赏。她说这是值得庆祝的花，是那种总能让你露出微笑的花。

奥莉薇痛苦地意识到，这种树属于她父母永远不会砍伐的那一类。

但为什么鹅掌楸又不跟她说话了呢？她该说些什么？

"劳驾，可以给我讲个故事吗？"最后，她开口问道。

"当然，"鹅掌楸回答，"既然你这么有礼貌地问我。"

奥莉薇找了一个地方坐下来，鹅掌楸的树冠上传来轻微的沙沙声和咯吱声。等她坐下来（盘着腿，

小心地不弯腰驼背），第六个故事就开始了。

很久以前，有两个孩子，女孩叫伊莫金，男孩叫乔治。他们是双胞胎，性情却截然相反。伊莫金热爱学习，乔治热爱大自然。他们的妈妈常说，他们是一个整体的两半，因为这对双胞胎总是相亲相爱、互相帮助。伊莫金帮助哥哥做作业，向他展示书本里的神奇；乔治则把妹妹带到外面去探险，给她看鸟巢、獾窝、娇小的兰花和参天大树。

因此，他们的身心都非常健康，直到有一天发生了一场可怕的事故。

鹅掌楸

奥莉薇轻呼一声。

鹅掌楸停住了。

"对不起,"奥莉薇说,"我不是故意要打断你。"

那天天气很好——天空蔚蓝,阳光灿烂,空气清新。一下课(乔治和伊莫金没有去学校,他们在家里上学),他们就跑出去玩耍了。乔治说这是个爬树的好天气——每逢这样的日子,爬到最

高的那棵树上，就能看到好几千米外的地方。

他们跑过草坪，乔治穿着短裤，伊莫金穿着一条蓝裙子，长发上绑着丝带……

"我不愿意乱加议论，"鹅掌楸停顿了一下，"但是穿裙子爬树好像不大合适。"

"我完全同意。"奥莉薇说。

鹅掌楸

乔治先到了那棵高高的榆树下。他一边等伊莫金,一边把下巴搁在粗糙的树皮上,抬头仰望。尽管他的脚还牢牢站在大地上,但只要抬头看着上面的树,他就觉得自己好像飞了起来。

伊莫金赶来了。她也把下巴搁在榆树上,仰望着高高的树枝。

"就像一架通向天空的梯子。"她说,"我们爬上去吧!"

乔治跳起来,双手抓住低处的树枝,两条腿像猴子一样盘住树干,然后扭身坐在树杈上。不

一会儿，伊莫金也爬了上来，坐到他身边。不过，她的脸涨得通红，头发上的缎带已经散开了，裙子也皱成一团。

"你感觉怎么样？"乔治问。

"简直不能更好了！"伊莫金喘着气说。

乔治伸手去够下一根树枝。他右脚踩着树干上的结节往上爬，接着又抓住另一根树枝，猫腰越过了它。他的腿灵巧地跨过一根断枝，站好后，再去够下一处……这是他的天

性,也是他最喜欢的感觉——与树合二为一。

他没有回头。

伊莫金跟在哥哥身后,学着他的样子往上爬。她伸手去够下一根树枝,把右脚踩在树干的结节处爬了上去。接着她抓住另一根树枝,猫腰越过它,抬腿……

哦,她那讨厌的裙子!

它没有利落地躲过那根断枝,而是被紧紧地挂住了。伊莫金又拉又拽,想要挣脱,最后把它扯了一道口子。

然后,她脚下一滑……

哎哟——

砰!

扑通!

伊莫金的身体穿过榆树繁密的树枝,重重地摔落在草地上。

她躺在那里,一动也不动,就像死了一样……

可怜的乔治以为他害死了自己的妹妹。

"可怜的乔治!"奥莉薇叫道,"可怜的伊莫金怎么样了?"

"哦,伊莫金!她只是摔断了腿。想象一下,如果我们树被折断一根树枝,也会大呼小叫的!"

鹅掌楸

不管怎样,这次骨折改变了伊莫金。虽然医生给她接上了腿骨,但她走路还是一瘸一拐的。不过,这场经历却激发了她做医生的志向。

在那个年代,当医生对女孩子来说相当不容易,但她做到了。她身体一恢复就回去读书,刻苦学习,最后从医学院毕业。父母为她举办了庆祝派对。哦,不,不要为伊莫金感到难过!她并不是这个故事的重点。这个故事的重点是乔治。

在妹妹出事后的几个月里,可怜的乔治每晚都从噩梦中尖叫着醒来。

他为妹妹的意外不停地责怪自己,老是想着自己可能会失去她,不管她告诉他多少次那不是他的错都没有用。从那以后,乔治远离了大自然。因为大自然太危险、太不可预测了。他把自己关在房间里,强迫自己学习。后来,伊莫金遵循自己的心愿成了一名医生,乔治也在银行找到了一份工作。对于喜欢计算数字的人来说,这份工作还不错,当然

也很安全——在银行里你不可能伤到自己，除非你用削得太尖的铅笔戳自己。

那个曾在森林和草地上游荡、捕蝶捉虫、爬上树冠的男孩，现在总是待在室内，几乎不出去了。

大家都很清楚，他快无聊死了。

伊莫金的毕业派对那天，客人们玩得正开心时，兄妹俩又来到那棵巨大的榆树下——乔治所有的麻烦都是从这里开始的。

"我在想那件事。"乔治对伊莫金说。（每次一看到妹妹，他就会想起那场事故。）然后——

至少是第一千次了——他沮丧地问她:"你会原谅我吗?"

伊莫金没有回答,而是把一张纸递给乔治。

那是从报纸上剪下来的一则广告,上面写着:

你渴望冒险吗?

著名探险家蒙哥马利·特朗平顿-布莱斯教授的植物收集探险队正在寻找一名助手。

在新世界,

会有身体不适、蚊虫叮咬,

也一定会有惊险刺激和迷人风光。

即刻起程,返回日期未知。

请勿迟疑,马上报名吧!

(注意:可能有生命危险。)

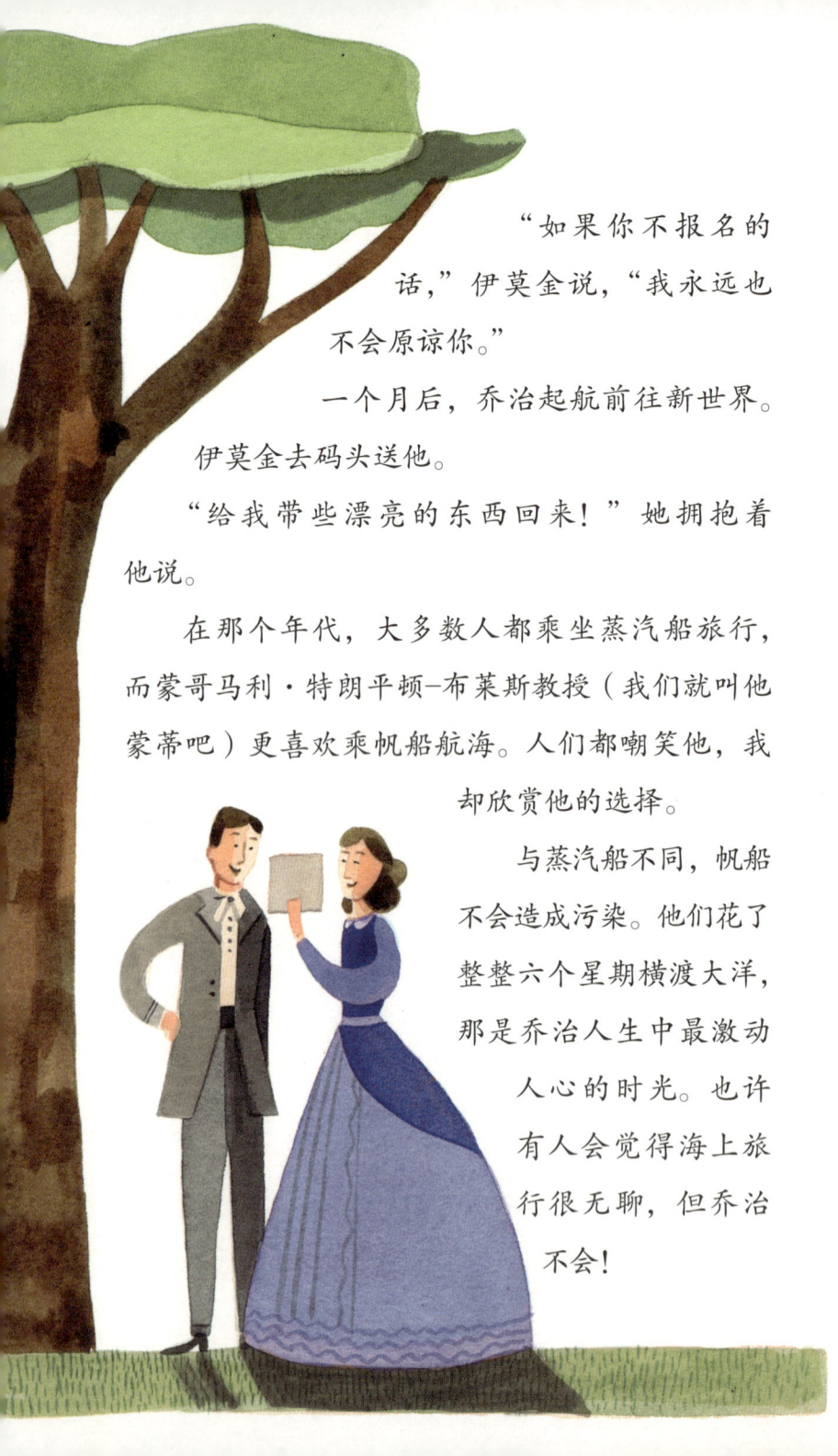

"如果你不报名的话，"伊莫金说，"我永远也不会原谅你。"

一个月后，乔治起航前往新世界。伊莫金去码头送他。

"给我带些漂亮的东西回来！"她拥抱着他说。

在那个年代，大多数人都乘坐蒸汽船旅行，而蒙哥马利·特朗平顿-布莱斯教授（我们就叫他蒙蒂吧）更喜欢乘帆船航海。人们都嘲笑他，我却欣赏他的选择。

与蒸汽船不同，帆船不会造成污染。他们花了整整六个星期横渡大洋，那是乔治人生中最激动人心的时光。也许有人会觉得海上旅行很无聊，但乔治不会！

鹅掌楸

乔治非常兴奋！一踏上"发现之魂"号，他就感到自己整个人焕然一新。他在甲板上一待就是几个钟头，看着海豚、鼠海豚、鲸鱼和飞鱼跃出水面。他观察海水的颜色——日落时从蓝色变成金色，黎明时变成乳白色。除此之外的时间里，他都在学习，每天聚精会神地阅读蒙蒂四处探险带回来的海量书籍。

这是"伟大的植物猎人"的时代。哦，别惊慌！猎人们不是要猎杀我们！他们是在收集我们——收集种子，把植物从世界各地带回自己的国家。有时是因为这些植物有研究价值，有时仅仅因为它们很漂亮，人们愿意花大价钱把它们买回去，种在自己的花园里。最了不起的是，如果你发现了一种前人从未发现过的植物，就可以用

自己的名字给它命名。

而这正是蒙蒂的目标。乔治研究那些书,就是为了了解哪些植物已经被发现过了。

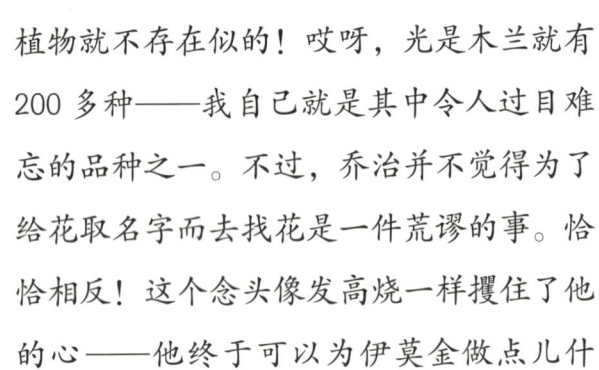

当然,这很荒谬。好像不被人类发现,我们植物就不存在似的!哎呀,光是木兰就有200多种——我自己就是其中令人过目难忘的品种之一。不过,乔治并不觉得为了给花取名字而去找花是一件荒谬的事。恰恰相反!这个念头像发高烧一样攫住了他的心——他终于可以为伊莫金做点儿什么了!他不会像之前答应过的那样,只是给她带一些漂亮的东西回去;他会带回一些独一无二的东西——一些他自己发现的东西——他会用她的名字给它们命名。

"发现之魂"号停靠在新世界一个繁忙的大港

口。蒙蒂和乔治做了好几个星期的准备。他们会见了收藏家、植物专家和探险家，买了靴子、驱虫剂、一个结实的帐篷、数百个用来存放种子的信封，还有用来保持信封干燥的锡盒。他们还买了水瓶、平底锅、睡袋和蚊帐。在岸边停留差不多一个月后，他们终于出发了！

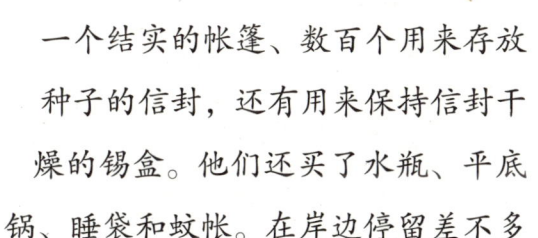

冒险之旅持续了一年多，他们坐火车，乘船，骑马，划独木舟……当一名探险家，正如蒙蒂在他的广告中描述的那样，非常艰难——而乔治乐在其中！对他来说，以前的生活有多安全沉闷，现在的生活就有多惊险刺激。乔治学会了搭起帐篷，挂起吊床，抓来鸽子和松鼠放在营火上烧烤，包扎鸡蛋大小的水疱，还学会了用烟驱赶蚊子。他因为喝了没有烧开的水得了痢疾；他的腿被神秘的

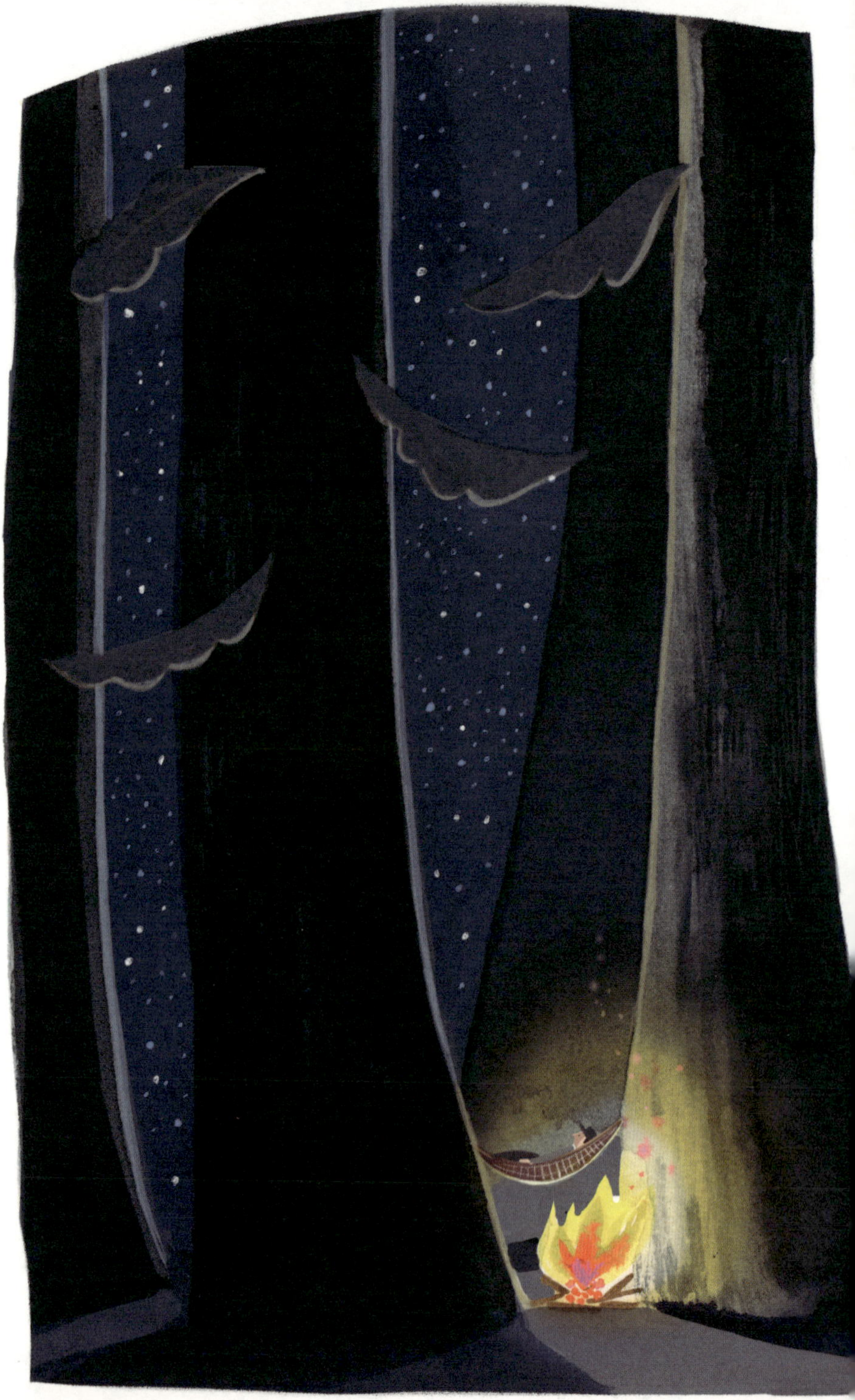

昆虫咬伤，肿了两圈；他还把有毒的野果误认成蓝莓，因此呕吐了一个星期。但几乎每天晚上，当夜幕降临、营火熄灭，他躺在吊床或冰冷坚硬的地面上仰望群星时，总是能感到无限震撼。

最棒的是树。比最高的人类建筑还高的巨红杉，树干就像一个小房间那么宽大；可以凿开树干提取美味糖浆的糖枫树；还有像火一样燃烧的秋日森林和一望无际的橘子林……乔治和蒙蒂如饥似渴地记录下他们学到的一切，他们画速写，拍照，采访当地人，了解树木的名字和用途，收集树皮样本，压制干花，采集种子并给信封贴上标签。他们的笔记和收藏越来越多，这当然很棒，但是……

人类啊！

一直以来，总有什么东西让他们感到不快，让他们感到刺痛和焦躁。

他们还没有找到那件自己想要的东西。可以

肯定的是，他们发现了一些新奇的植物——微不足道的小花、一两种蘑菇。但蒙蒂想要的是更壮观的东西，乔治想要的是配得上他妹妹的东西，而眼下已有的这些东西都不够好。

最后，他们的钱花光了。蒙蒂和乔治卖掉了帐篷、睡袋、蚊帐和平底锅。接着，他们把笔记、种子、剪枝和压花装在一个大箱子里，带回他们之前停靠的港口，再次登上了"发现之魂"号。乔治心情沉重。他知道他应该为这一年来的冒险经历感到自豪和感激，但他满脑子想的都是挫败。

他们在新世界只剩下最后一个下午的时间了。乔治去了植物园，他坐在长凳上，脑海里

挥之不去的都是关于失败的种种灰暗念头。这时,一个果球从他头顶的树上掉了下来。出于习惯,乔治抠出一些种子,装进信封,塞进外套的口袋里。

啊,"发现之魂"号!如果蒙蒂不是喜欢帆船而是喜欢蒸汽船,结局将会截然不同!终于,"发现之魂"号平静地驶离新世界的海岸。头两天,风平浪静,一切顺利。但第三天,起风了,一座巨大

的冰山脱离大陆，向他们漂过来……

"不！"奥莉薇紧张地倒吸一口气。
"是的！"鹅掌楸说。

一切都荡然无存，包括"发现之魂"号，还有大部分乘客与船员。装着整整一年工作成果的箱子，也被海浪卷走了。

蒙蒂和乔治活了下来。在乔治的外套口袋里……

鹅掌楸

"种子。"奥莉薇低声说。

"种子。"鹅掌楸说。

现在到了最精彩的部分。

乔治尴尬万分地回到家。他离开了一年,除了几颗种子,什么都没带回来!

"它们可能连芽都不会发。"他告诉伊莫金,"它们湿透了,可能已经死了。"

但在伊莫金工作的医院里,她每天都能看到病人顽强地求生。

"谁知道呢,"她说,"我们种下去试试看吧。"

兄妹俩用潮湿的棉絮把种子裹起来,放到温室的架子上。

有些种子确实已经死了,但也有一些发了芽。

兄妹俩把它们种在育苗盆里。又有几株死了。在幸存下来的幼

苗抽芽后,乔治和伊莫金把它们转移到小花盆里,然后又移栽到大花盆里……三年后,他们选了一棵最健康的树苗,把它栽到了现在的地方,每个来他们家拜访的客人都能欣赏到它的美丽……

鹅掌楸

"等一下!"奥莉薇插嘴道,"那棵树就是你吗?"

鹅掌楸沙沙作响,就像一只得意炫耀的小鸟。

"正是。我在这个地方继续生长,一天比一天美。直到乔治去世后第二年,我开了花,伊莫金完全被我迷住了……"

"乔治死了?"奥莉薇惊叫起来,"他最后都没能见到你开花?这真是个可怕的故事!"

"这是个神奇的故事!"鹅掌楸听上去很激动,"我活了下来!就像我说的,伊莫金被我迷住了,她说我是最美的树,还把乔治的骨灰埋在了我的根部。实际上你现在就坐在那上面。"

奥莉薇尖叫一声，跳到了一边。

"你本来可以早点儿开花的，"她说，"乔治为你做了那么多！"

"我又没叫乔治来收集我，"鹅掌楸反驳道，"是他选择那么做的。没有人知道如果他不出现会发生什么。我可能会腐烂，也可能会发芽——不管怎样，没有他，我也都能做到。不管人类自己怎么想，树不是为了服务人类才存在的。我们存在，不是为了让你们为我们写诗，不是为了让你们发财，也不是为了吸收你们排放的碳。我们无须为你们负责。但是你们……如果你们擅自干涉了我们，就要对我们负责。关心我们是你们的责任，而不是相反。"

奥莉薇沉默地思考了一会儿，感到自己很渺小。

"你知道橡树有多少种吗？"最后她问道。

鹅掌楸

"我想大约有600种吧。"鹅掌楸说,"它们很常见。"

"但常见并不意味着它们就不珍贵,不是吗?"

"是的,"鹅掌楸表示同意,"每棵树都很珍贵。每棵树都是不同的,就像每个人一样。"

"我也这么想。"奥莉薇说,"谢谢你,鹅掌楸。"

钟楼上的钟第六次敲响了。

奥莉薇向四周看了看,没有叶子,也没有种子告诉她下一步该去哪里。

只有一个新的声音,随着一缕微风飘来。

在园艺中，黄杨常被当作篱笆来使用。它们通常被修剪成有意思的形状。

黄杨大约有 70 种。

它们可以长到 9 米高，

能活几百年。

每棵树的树干上都有年轮，可以显示它们的年龄——一个年轮代表一年。黄杨生长得非常缓慢，因此年轮十分致密，这让它们的木质特别坚硬。

黄 杨
（黄杨科）

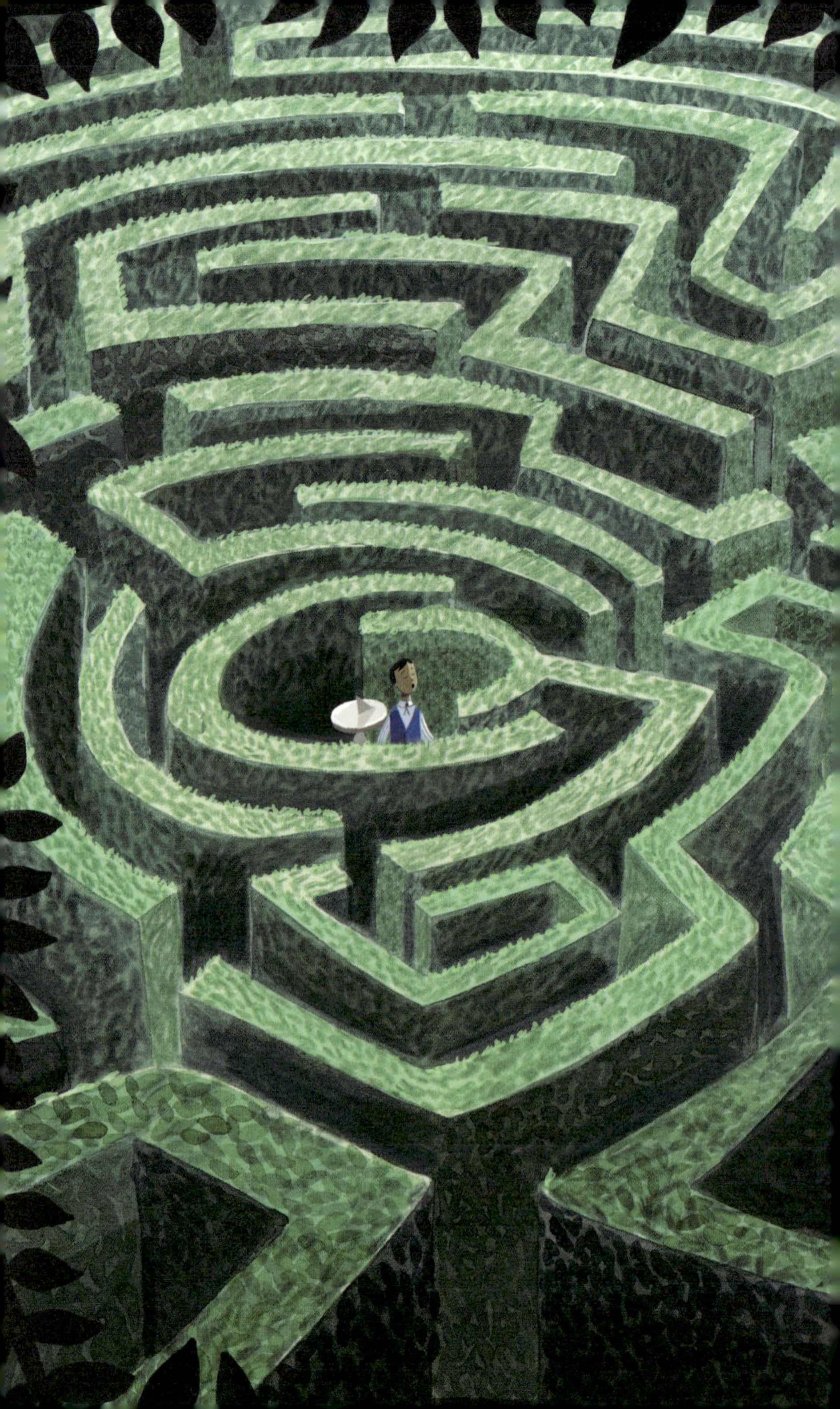

黄杨

"这里!这里!"

如果你问奥莉薇,是什么让一个声音听起来像树在说话,她没办法确切地告诉你——也许是一种气息,当然还有她脑子里那种若有若无的奇怪感觉。奥莉薇知道,这个新的声音绝对不是一棵树,而是人类——一个男孩,而且他听上去很害怕。

他在哪儿?

"这里!"

河的方向!奥莉薇跑起来。

"我来了!"她一边跑一边喊。

她跑到桥上,但那里并没有人。现在,声音又从河的另一边传来,听起来越来越急切。奥莉薇又

跑起来,一直跑到一片小树林才停住。她放慢脚步,仔细聆听。

"你在哪里?"她喊道,"你没事吧?"

"在这里!"

一条小路蜿蜒着穿过树林。奥莉薇对此很熟悉,她正是走这条路去看她的橡树,但以前从未在这里停留过。现在,她一边走一边打量着周围的树丛——榛树、冬青、柳树、桦树——男孩在哪里呢?

她应该离开小路,到树林里去找一找吗?奥莉薇内心深处响起了警报——来自久远的关于故事的记忆,那些偏离森林小径的人总会遭遇不测。

但在这里,能有什么危险呢?这儿既没有狼,也没有女巫……

这里有魔法,警报响了……

"在这里!"男孩叫道。

近了，就在那儿，那块空地的后面，一片漆黑的灌木丛里……

奥莉薇离开小路，跑进树林中。

一进灌木丛，奥莉薇就知道自己错了——丛中鸟儿缄默，空气冰冷，不见天日。这里的树大约是她的两倍高，它们紧密地长在一起，坚韧结实的叶子像成人拇指的指甲一般大，树干像蛇一样在她头顶扭曲盘绕，伸向被更高的树冠遮住的天空。灌木丛的中间有一条路，但不知通向何处。小路向左转，接着向右转，最后到头了。奥莉薇试图返回——向左，向右……又到头了。

右，左，停。左，右——右，左——再左，忽

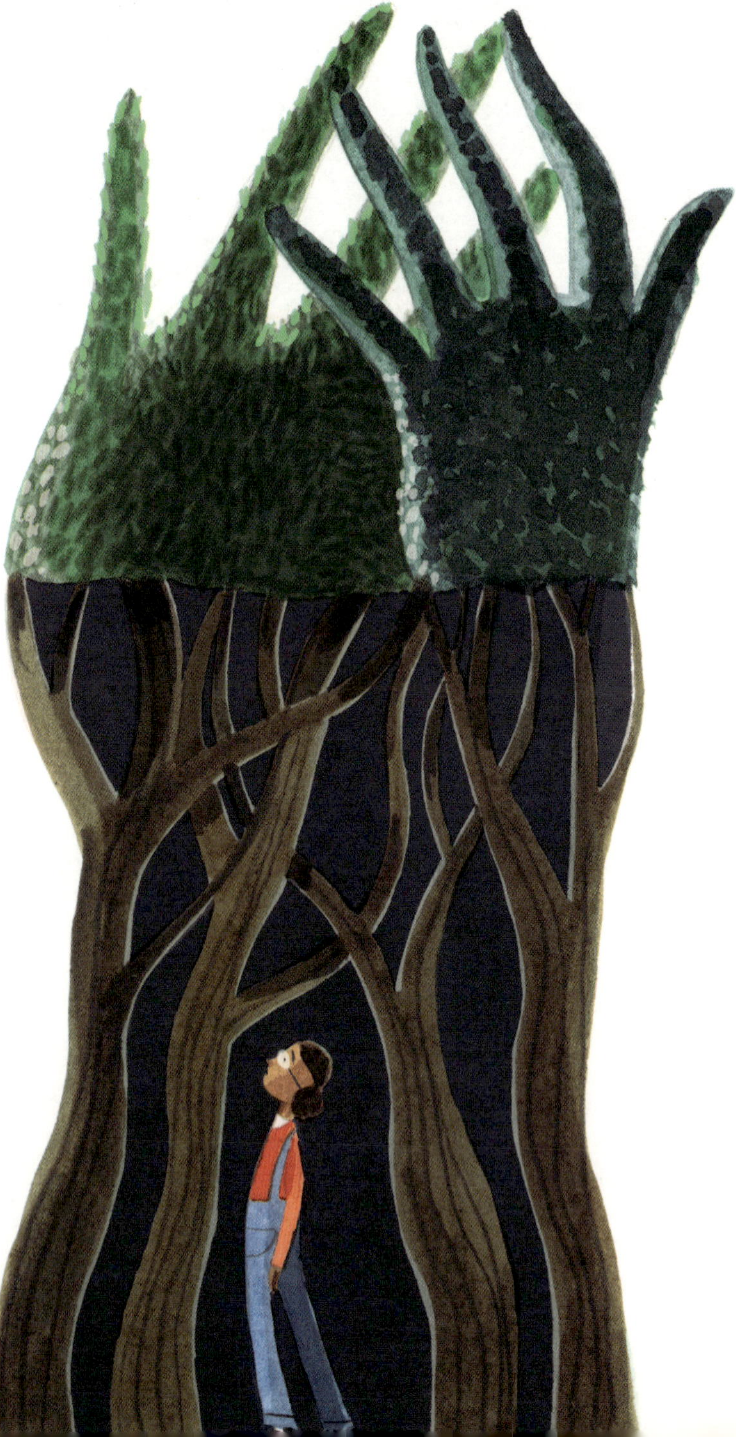

黄杨

然,小路豁然开朗。奥莉薇来到一片空地上,空地中央立着一个破损的日晷。

这是什么地方?奥莉薇觉得自己可能再也找不到回去的路了。她深吸一口气,尽量让自己不要惊慌。有一股像百合花一样甜美而令人陶醉的香味飘来,但又不是百合花,这让她更加困惑。这里让人联想到秩序井然的花坛和整齐的树篱,还有……一只孔雀?

是的,一只孔雀,从修剪整齐的树篱上跑过,对面是另一只孔雀,它们中间还有三只跳舞的大老鼠。

奥莉薇捂住了脸。

她究竟在哪里?那个叫她的男孩又在哪儿?

从她身后很近的地方传来一串笑声。她猛地转过身去。

"谁?"

又是一阵笑声,这一次却来自相反的方向。

"你是谁?那个男孩在哪里?"

"在这里!""在这里!""在这里!"

喊声在她周围回荡。奥莉薇一次次转过身寻找,但是一个人也没看见。没有人,只有树和蜿蜒的小路。

"你骗我!"奥莉薇感到很害怕,她攥紧拳头,努力装出生气的样子。小树又咯咯地笑起来。

"一点儿也不好笑!"奥莉薇说。

"是的,的确。"一个嘶嘶的声音在她背后说道。

奥莉薇转过身,几片树叶拂过她的脸,她赶紧往后缩了缩。

黄 杨

"人类总是把我们塑造成他们想要的模样。我们只是在做自己被训练要做的事情。"

"你把我说糊涂了。"

"我们是黄杨树。我们曾经在这片土地上恣意生长，直到人类发现我们有更好的用途。你们把我们做成篱笆，用来隔开鲜花和蔬菜，还把我们修剪成球形、钥匙形和鸟的模样……"

一根树枝发出噼啪声，好像啐了一口唾沫。

孔雀和跳舞的老鼠！奥莉薇想起来了——她和

母亲一起去拜访朋友时见过这样的树。约瑟芬夫人非常喜欢它们,尤其是那些老鼠。"这叫灌木修剪术,"她告诉奥莉薇,"一种把灌木剪成不同形状的艺术。人是不是很聪明?"

奥莉薇为这些树感到难过。但它们为什么会出现在这儿呢?

是她的错觉,还是这里真的变暗了?是头顶的树枝正在慢慢逼近,还是它们本来就像隧道一样包围着她?

"这片树林会让人迷路,有些人再也没能走出去。"

"迷路……迷路……迷路……"

哭声在空地上悲伤地荡漾开来。奥莉薇默默忍耐着。

"所以,这是个迷宫吗?"

"是的,你现在就在它的中心。"

奥莉薇努力稳住自己的声音。

193

"我现在想走了,谢谢。"

"坐下!"黄杨树命令道,"让我给你讲个故事。"

从前有一个人,他认为自己可以掌控世界。

从各方面来说,他都是一个强而有力的人。他个子很高,肩膀宽阔,四肢健壮。虽然在这个故事发生时他已步入中年,但他看起来还是很年轻。每天早晨起床后,无论寒暑,他都会先绕着庄园跑一圈,再去河里潜水。头发变白了,他就把它们染黑;头发又变得稀疏了,他就戴上用年轻男人的头发做的假发;脸上长出皱纹时,他就注射针剂消除它们。

通过这些方式,他控制了时间。

这个人——他的名

字叫亨利——拥有大片土地,土地上有许多农场和农舍。每个生活在这里的人都必须发誓服从他,把收获到的粮食的四分之三交给他,即使这意味着他们自己要挨饿。如果他们不同意,亨利就会把他们赶走。

通过这种方式,他控制着人们。

不种植粮食的土地,都被亨利用于享乐。他一到这里,就把原来的花园都拆掉了。从前的主人让花园里的草木恣意生长,那时候玫瑰挂满枝头,雪

花莲、报春花和仙客来在草坪上自由盛放。前主人也几乎没有改造过森林,只做一些基本的工作来维持树木的健康,因此它们看起来还像几个世纪前一样,林中鸟鸣处处,充满大自然的气息。

亨利为新的花园建造了一排排规整的苗床。他砍倒森林,在一片曾是荒野的空地上,按照自己画的设计图纸,把我们种了起来。他让我们沿着设计好的环状轨迹生长,在两排树之间,有一条小路经过重重曲折和转弯,最后通向一个日晷。随着我们渐渐长大,他把我们修剪成一堵堵墙,像砖墙一样平整,却毫无生机。

黄杨

就这样,亨利"控制"了自然。

但他没有想到,有一天大自然会反击。

亨利有个儿子,叫布鲁诺。很自然地,亨利也控制着他。布鲁诺的妈妈玛蒂尔德曾是一位歌唱家,但她在布鲁诺还很小的时候就去世了。布鲁诺继承了妈妈甜美的微笑、棕色的大眼睛,以及爱幻想的天性和美妙的嗓音。

不过,让我们稍后再回到这件事上来。现在,请把他想象成一个在父亲的严格控制下,几乎什么都被禁止去做的孩子。亨利决定布鲁诺早餐吃什么,决定布鲁诺去哪儿散步,决定布鲁诺读什么书,以及做什么运动。总有一天,布鲁诺会继承亨

利的房子和土地。亨利希望当自己去世时，布鲁诺在各方面都和他一模一样，这样他即使死了，也能继续掌控一切。

亨利绝对不允许布鲁诺唱歌。

多年来，布鲁诺的每一分钟都被亨利控制着。他从未想过反叛。

没有人能反抗亨利。

布鲁诺 11 岁生日后不久，亨利外出了一周。一个阴雨天，布鲁诺的家庭教师因为重感冒请假在家休养。布鲁诺不能和老师出去散步，于是决定自己去探索……

他穿过整座房子，蹑手蹑脚地逐一走进那些亨利不允许他进入的房间——放着禁止他阅读的书的图书馆，不能打扰爸爸工作的书房，储存着他不该吃的食物的厨房——最后他来到了妈妈的旧音乐室。在落满灰尘的乐器之间，他发现了一台留声机，还有妈妈留下的唱片。

哦，他度过了一个怎样的下午啊！

布鲁诺播放着妈妈的每一张唱片，一遍又一

黄 杨

遍,心神恍惚。他一生中从未听过如此美妙的声音。他妈妈唱了许多关于爱和失去的悲伤的歌,还有一首讲述人们在火车站告别的好玩儿的歌,以及一首关于太阳和月亮从山坡升起的歌。最后的这首歌萦绕在布鲁诺心里,让他感到心痛。

从那一刻起，他决定要成为像妈妈一样的歌唱家。

从那以后，他每天都会到音乐室播放妈妈的唱片。他把歌词背了下来，也记住了旋律。仆人们听到了，但没有阻止他——房子里已经太久没有响起过音乐了！家庭教师的感冒好了，他也没有做什么，因为他是一个音乐爱好者。布鲁诺总是在唱歌——洗澡的时候，散步的时候，吃饭的时候……他还边做功课边哼歌，在练习击剑和拳击时也吹着口哨。

日子一天天过去了。

亨利出乎意料地提早回来了。他办事不顺利，

黄 杨

所以心情很不好。他回家后听到的第一个声音就是布鲁诺在唱他妈妈唱过的歌。

亨利勃然大怒。他解雇了家庭教师,对仆人大发雷霆。他砸碎了乐器,摔烂了唱片,还把留声机踢了个粉碎。

布鲁诺呢?

布鲁诺哭了,但他也很勇敢。"我不管你说什么,"他喊道,"你永远也阻止不了我唱歌!"

说完,他跑了出去。

他跑进庭院,过了桥,穿过树林,向我们跑来。

还有比迷宫更好的藏身之地吗?

布鲁诺很了解我们,毕竟他是和我们一起长大的。右,左,左,右,穿过树篱下一条特别的近道,右,左,再左,他来到迷宫中心的日晷旁,倒在地上,又哭了起来。

我们静静地看着。

哭完后,布鲁诺蜷缩成一团,背靠日晷,望着夜空。

"我要让他瞧瞧!"他发誓说,"我要成为一个歌唱家。"

时间流逝,黑夜很快就要到来了。

布鲁诺开始瑟瑟发抖。他该怎么去面对家中暴怒的爸爸,和即将到来的漫漫寒夜呢?

除了唱歌,他还能做什么?

布鲁诺唱了妈妈的唱片中他最喜欢的那首歌,那首关于日升月落的歌。他哭了那么久,一开始唱的时候声音很微弱。他把他的悲伤倾注在里面,却并没有打动我们。为什么我们要被打动呢?歌唱太阳和月亮有什么意义?它们的存在本身还不够

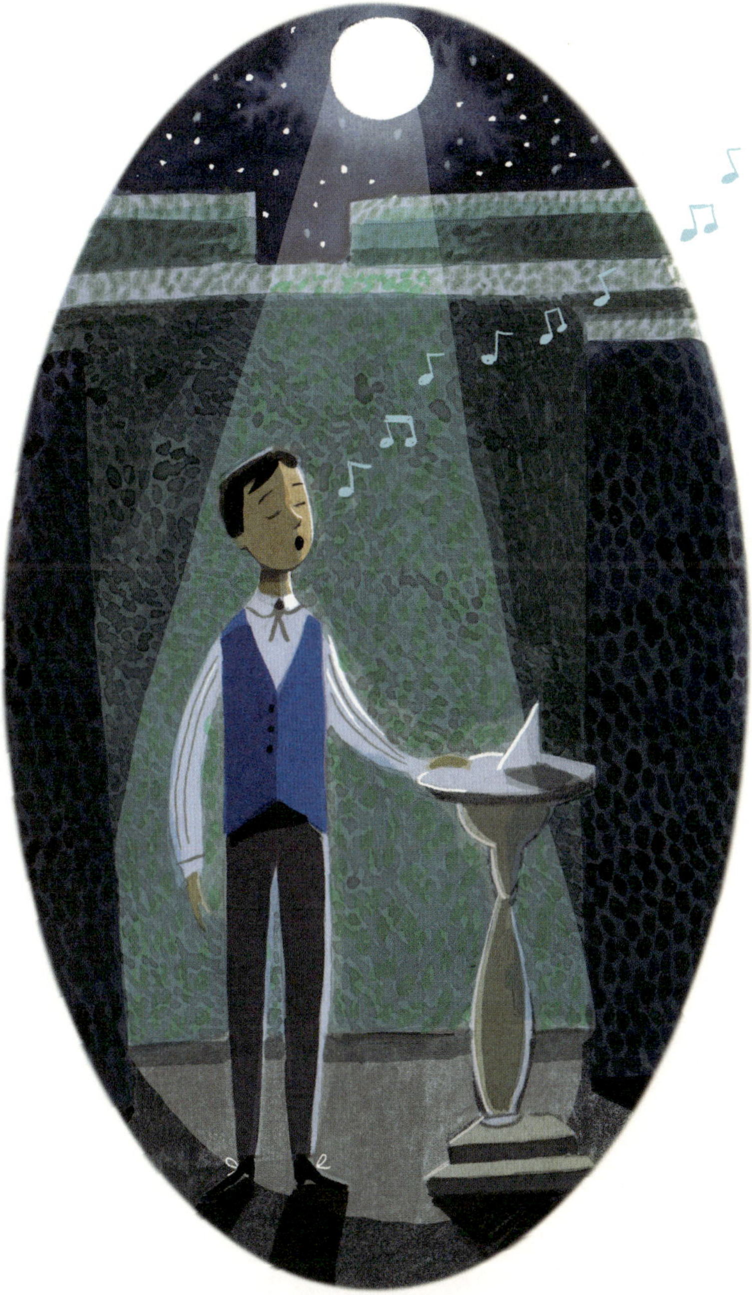

树语女孩

吗？在夜晚凝望着那些银色的树林，等待黎明再次把它们染上颜色，难道还不够吗？

这就是起初我们对布鲁诺歌声的看法。但随着夜色渐深，他的歌声变得温暖起来。他站起身，仰望着星星。

"我要成为一个歌唱家。"他重复了一遍，声音洪亮，情绪像雨后的河水一样高涨。

布鲁诺的歌声是冬天雪的静谧和夏天夜莺婉转的鸣叫，是春天树叶的生长和秋天落叶的低语。是这一切美好事物的集合，但又不止这些。那是魔法，是咒语。

这或许可以解释接下来发生的事情。

楼上的房间里，亨利还在生气。但直到黄昏布鲁诺还没回来，他开始担心了。仆人们到处寻找布鲁诺，从地窖到阁楼、花园、农田、果园和草地，全都找遍了。亨利也加入了搜寻队伍，大声发号施令。

直到夜幕降临，仆人们只好打道回府——在黑暗中是找不到布鲁诺的。

就在他们走到小桥附近时，远处飘来了歌声。

从那以后，仆人们一生都未忘记这首歌。

亨利在家门前的空地上来回踱步。他也听到了儿子的歌声。

布鲁诺的歌声飞扬，带着奔流的水声、夜莺的鸣叫和我们的叹息。但亨利并没有像我们一样被打动。

　　他离开房子,走到河边,过了桥。他在我们中间大踏步走着,挥舞着他总是随身携带的马鞭,抽打着树叶,折断了树枝。

　　他伤害我们。在你听到接下来发生的事情时,请记住这一点。

　　他伤害我们。

　　布鲁诺听到爸爸走近,吓呆了。他本该跑开,可脚下像扎了根。

黄杨

"跑……跑……跑……"我们催促着他,可是他听不见我们。

"我们会阻止他,阻止他,阻止他……"

哗啦!

又是一记鞭子。

树叶纷纷落地,布鲁诺终于像惊醒了一样跑开了。

那孩子对迷宫了如指掌,但他父亲也知道我们的秘密。进出迷宫的路只有一条,父子俩迟早会碰上。

马鞭响了,我们为布鲁诺瑟瑟发抖。

所以……我们出手了。

我们把树枝缠在一起堵住亨利的路,却躬下身让布鲁诺顺利通过。

布鲁诺敏捷地跑着跳着,躲闪俯冲,亨利则跟跟跄跄,骂骂咧咧,摔了一跤又一跤。

我们那些可怜的被剪断的四肢苏醒了。

复仇一旦开始,就很难再停下来。

布鲁诺跌跌撞撞地冲出迷宫,跑走了。

我们把亨利……多留了一会儿。

"等布鲁诺离开再说。"我们窃窃私语,希望

黄杨

他收拾好行李,和热爱音乐的老师一起远走高飞。也许他可以去找母亲的家人,他们一定愿意让他唱歌……

或者等到他回来,再为我们唱歌。

亨利丢掉了他的鞭子。因为和我们打斗,他满脸满手都是血。

"布鲁诺!"他喊道,"对不起!布鲁诺,你在哪儿?"

"在这儿……"我们用布鲁诺的声音回答,"到这儿来……到这儿来……"

黄杨树沉默下来。奥莉薇像刚刚醒过来一样摇了摇身子。她看到弯弯曲曲的树丛中仅有的一点儿阳光也消失了。

黄杨树又长出来了吗？它们的树枝紧紧地缠绕在她周围，几乎像——不，完全就是——一个笼子。

　　"布鲁诺……"奥莉薇咽了口唾沫——不知什么原因，她的喉咙很干，"他回来了吗？"

　　"没有。"

　　"亨利呢？他在哪儿？"

　　"在这儿！"一个男人的声音喊道。

　　"在这儿……在这儿……"

　　"我们不是告诉过你，大自然会反击吗？"

　　"请让我走吧。"奥莉薇低声道。

　　"我们为什么要这么做？"

　　"我唱歌给你们听！"奥莉薇哑着嗓子说，"就像布鲁诺那样，唱一首充满了春夏秋冬、月亮、太阳和夜莺的魔法之歌……"

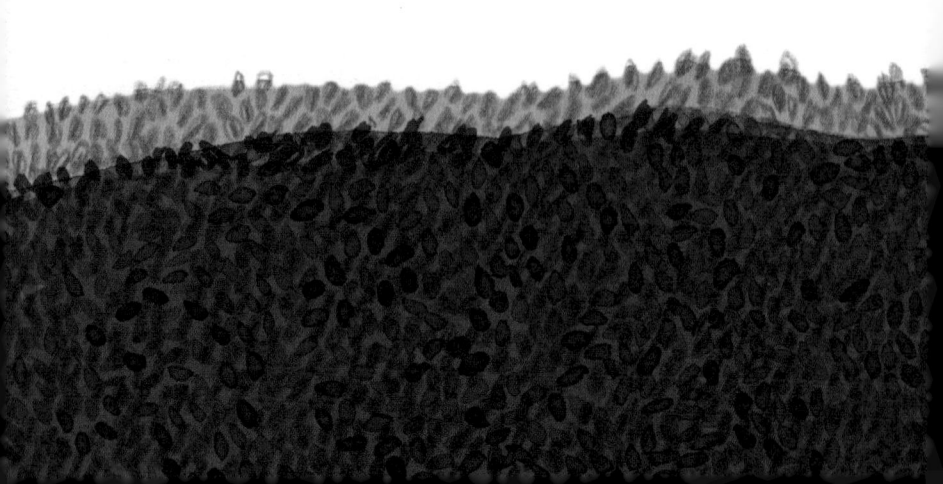

黄 杨

虽然奥莉薇嘴上这么说,但她也知道唱歌是不行的。和布鲁诺不一样,她没有动听的歌喉。

那么,她还有什么呢?

"因为我答应过你们,"她说,"一旦时机成熟,我一定会大声说出来……因为我有很多故事要讲。"

"啊,故事……"

树木们发出一声叹息。

"一个故事就像一首歌……"

黄杨的枝干分开了。

远处,钟楼上的钟最后一次敲响了。

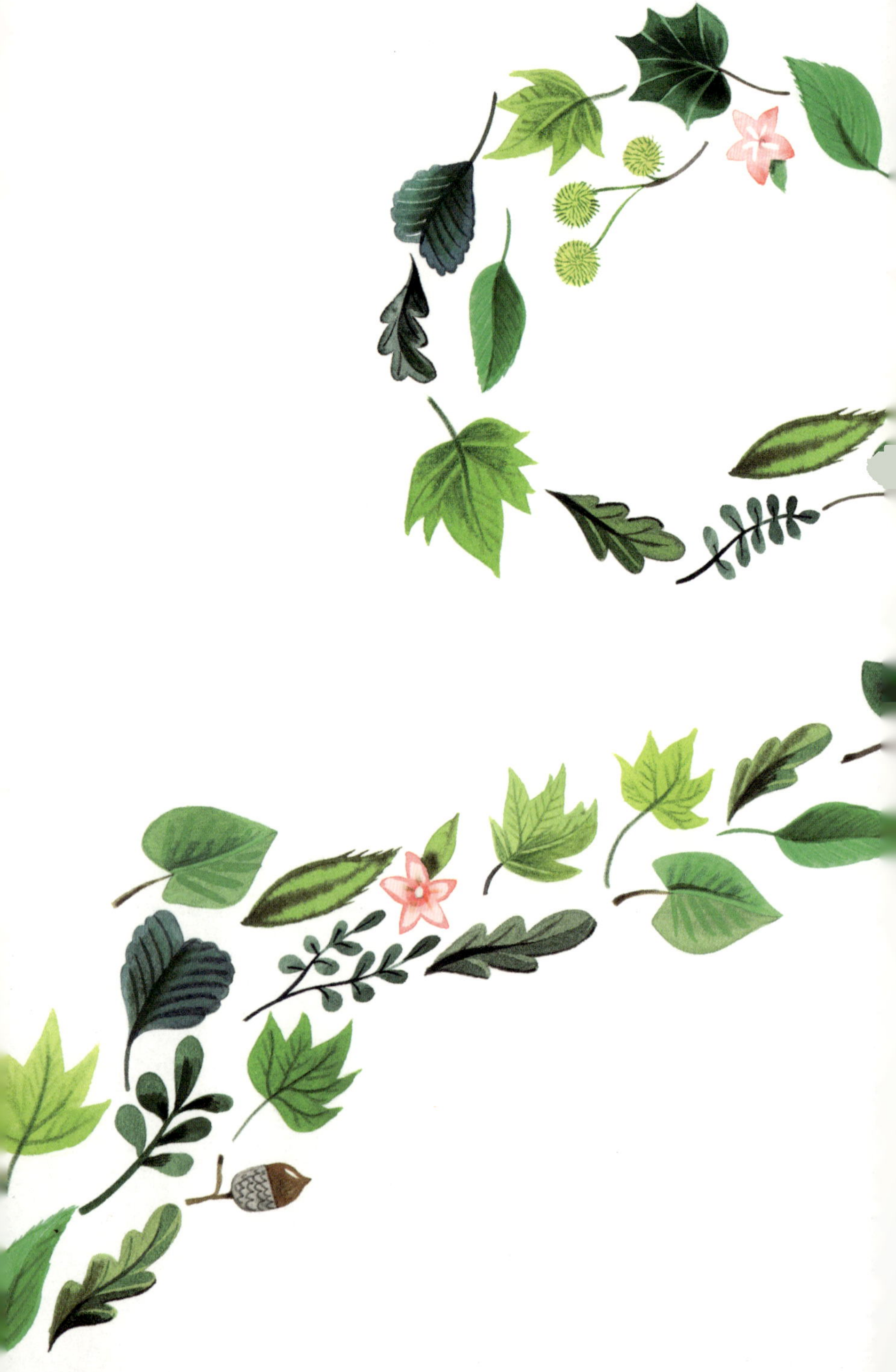

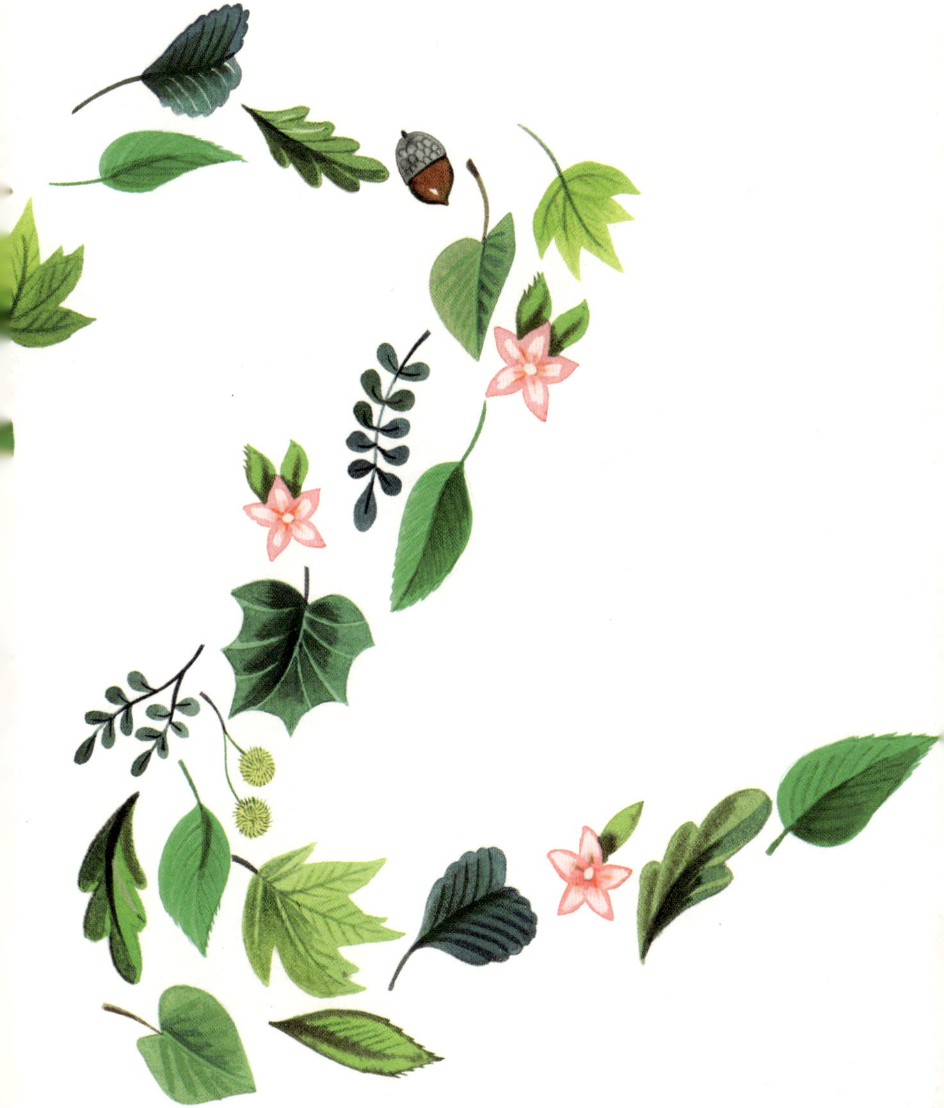

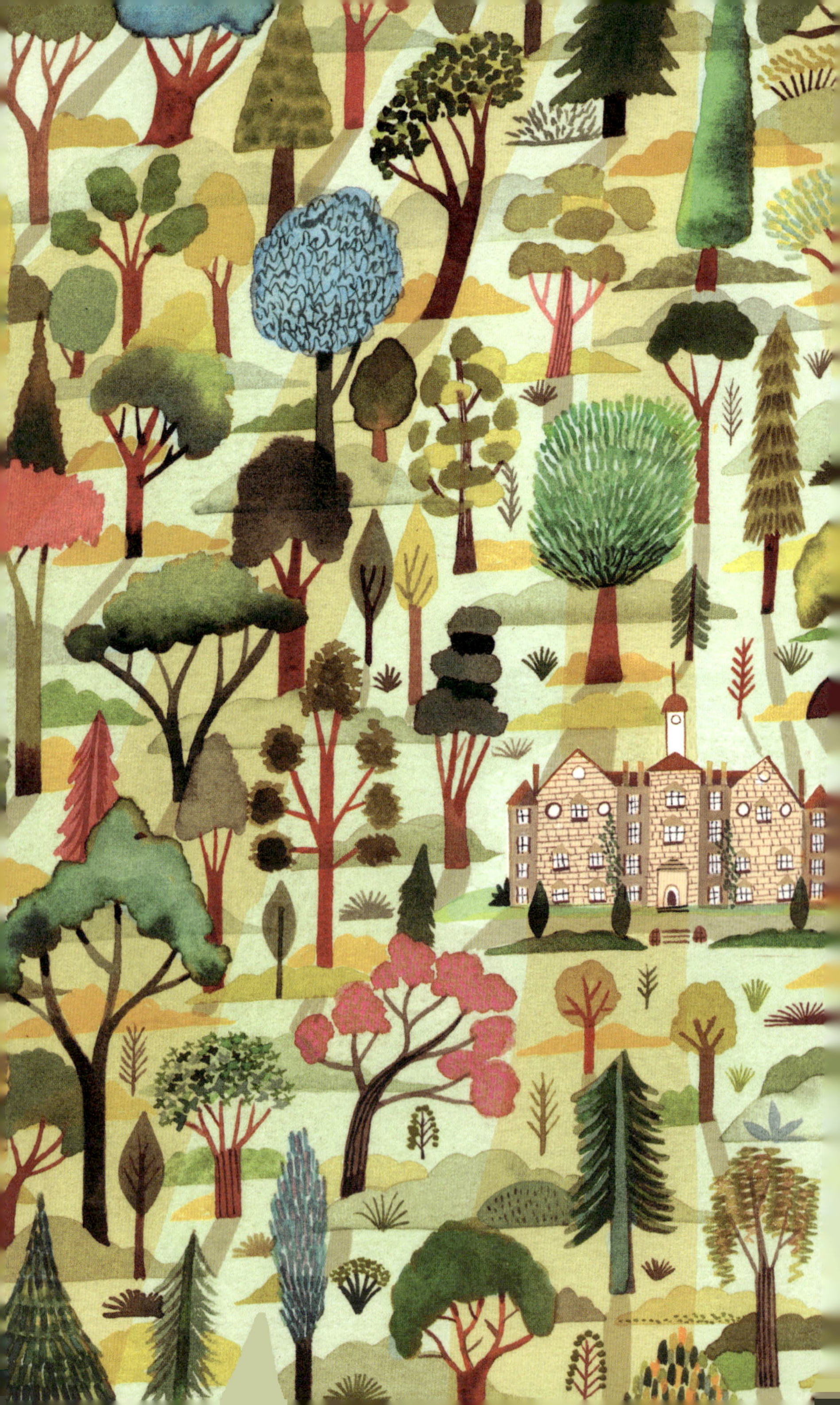

树语女孩做到了

奥莉薇从树林里走出来,浑身脏兮兮的,头发里插满了小树枝,手上伤痕累累,但她比早上从餐桌前跑开时理直气壮多了。

走到桥上,奥莉薇停了下来。她看着河水从桥下流过,想起了桤木,想起了大海;转过身,目光越过黄杨树的林子,她望向曾是森林的农田;闭上眼睛,她回想起可爱的椴树、雄伟的橡树,以及所有那些美丽的树木……她想知道,如果她走在它们曾经站过的土地上,是否还能感受到它们的存在。

但现在,她要实现一个承诺。

她下了桥,朝家的方向走去。

在通往悬铃木的小路尽头,她又停了一会儿。

树语女孩

她想起了说书人——那位老人曾在一个遥远的城市用树木的智慧阻止了一场战争。奥莉薇在果园的墙边徘徊，希望听到苹果树们的窃窃私语。她走过双胞胎曾经爬过的那棵榆树，又向鹅掌楸恭敬地点点头，和它打了个招呼。最后，她来到草坪的最高处，站在那里回头看了看山谷。

河对岸的草地上，她热爱的那棵橡树在等着她。

"奥莉薇！"妈妈的声音从露台上传

树语女孩做到了

来,"你跑到哪儿去了?一整天都不见你!"

奥莉薇内心坚定。她已经知道自己该做什么了。

不过,她得再等一会儿,才能去做那件事。

一家人正聚在露台上喝茶,他们看到奥莉薇的样子,接连发出了惊叫。

"你看起来像是被人从树篱里拖出来的!"约瑟芬夫人惊讶地说。("是的。"奥莉薇说。)

"你穿着衣服游

泳了吗？"姐姐罗莎问。（"算是吧。"奥莉薇回答。）

"你浑身是伤！"奶奶叫道。（"我知道，"奥莉薇说，"没关系的。"）

接着，最艰难的时刻到来了。悉尼爵士——可以预见地——否认他曾向奥莉薇做出过任何保证。

"一定是你想象出来的，"他说，"听起来一点儿也不像我。"

管家端着盛有下午茶杯碟的托盘从厨房里走出来，后面跟着拿着茶壶的副管家，还有一个女仆，端着一盘塞满坚果馅料的蜂蜜糕点。

奥莉薇瞪大了眼睛，但她的思绪并没有被打乱。

她饿极了，于是拿起一块糕点，又喝了一些茶。

吃完后,她放下盘子和杯子,对大家说:"我给你们讲个故事吧!"

茶喝完了,蛋糕吃光了,茶具也收拾好了。午后的阳光变得柔和,大榆树和鹅掌楸的影子横斜在草坪上。空气变冷了。

管家端来晚餐点心和饮品,副管家拿来毛毯,女仆点上了蜡烛。

最后,他们拿来的茶点也都吃光喝尽了,大家还是没有散去,仍然聚精会神地听着,因为"树语女孩"讲的故事实在太狂野、太精彩、太不可思议了。

奥莉薇不停地讲啊，讲啊，直到夜幕降临，星星刺破了夜空……她讲到那棵古老的橡树，讲到猎人，还有大地上的风暴；讲到巨大的椴树和无边无际的森林；讲到水下森林和美人鱼、漫山遍野的苹果花、乔治冒险归来种下的鹅掌楸、给城市带来和平的悬铃木，以及布鲁诺在迷宫里唱的歌。她还给他们讲了另一个故事：如今森林正在消失，大地的面貌正在改变。她告诉他们，森林哺育着所有生命，树木不属于任何人，不真正属于任何人，每棵树都是不同的。她说人们应当珍惜自己已经拥有的财富，而不是过度追逐新的财富；还有，人们选择了改变自然，就应该承担起相应的责任。

她说到了大自然的反击。

最后，她说起了她的橡树，讲到它如何从一颗橡果成长为古代世界最后的幸存者之一，以及她不能让爸爸毁掉它。

讲完所有这些后，已近深夜。

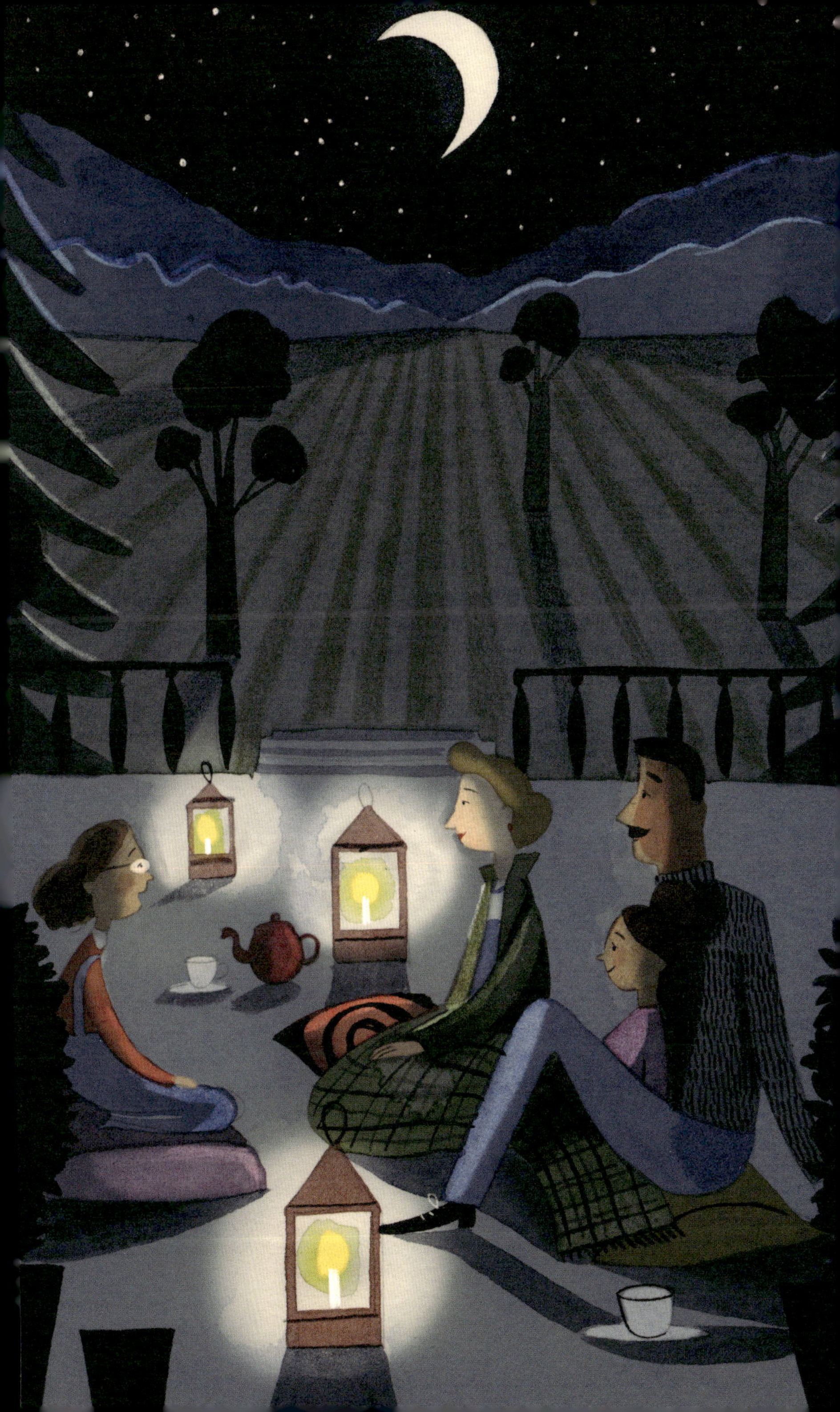

"这一切都是真的吗?"罗莎低声问。

"是的。"奥莉薇回答。

"胡说八道!"悉尼爵士说,声音有点儿颤抖,"哪有会说话的树!"

每个人都朝他看了一眼,连仆人也不例外。

"就算这是真的,又能怎么样?"悉尼爵士不满地说,"难道每次客人来访,都要让奥莉薇用故事打动他们吗?"

"如果你想让我讲,我就讲。"奥莉薇说,"不过

我可以告诉你一件你能做的事,一定会让人刮目相看。"

"你说。"爸爸说。

"种一片新的森林。"奥莉薇说。

最后,所有人都离开露台回房间去了。月光下,奥莉薇悄悄溜到她那棵孤独的橡树旁。她爬到她最喜欢的树枝上,仰面躺着,透过树叶看星星。

"我们做到了,"她悄声低语,"我和你的树朋友一起救了你。"

橡树没有像早上奥莉薇遇到它时一样开口说话——那时它还是一棵小树苗。但在沙沙作响的树枝上,奥莉薇听到了它的回答。

"你说得对。"橡树在轻拂的微风中叹息道,"我确实变得很了不起。"

后来的事

多年以后，每当有客人来到这座宏伟的老宅参观时，悉尼爵士会领着他们穿过草坪，走过小桥，来到种着树苗的草地上。这里种着榛树、桦树、椴树和橡树，每年它们都会长得更高一些。他会指着农场的田地——那里正一点点地种上更多的树——告诉客人这片土地曾经被森林覆盖，以后它还会重新长满树木。

你知道吗？

他的客人们都对他刮目相看。

如果奥莉薇在家，悉尼爵士——这位自豪的父亲和植树人——会请她给客人们讲讲故事，她总是很乐意。但随着奥莉薇慢慢长大，她在家的时间越来越少。毕业后，她走遍世界各地，与专家们一起

后来的事

学习和研究。她写了很多书,种了很多树。现在,多亏了她,整个山坡都覆盖上了树木——尽管没有她在椴树顶上看到的那么多,但已经是一个开始了。

她无疑已经成为一位闻名遐迩的学者;但在家里,她一直被称为"树语女孩"。

娜塔莎·法兰特

你能想象一个没有树的世界吗？我不能！下次你去森林或公园的时候，试着仔细聆听，也许它们也会给你讲讲它们的故事……
——娜塔莎·法兰特

世界上最棒的读书角，就是树荫下。树是多么神奇啊，你能感觉到吗？
——莉迪亚·科里

莉迪亚·科里